ALFAGUARA

CONNOLLY

PAPEL RECICLADO
100%

El árbol
de los sueños

Fernando Alonso

Ilustraciones de Emilio Urberuaga

INFANTIL•JUVENIL

Del texto: 1993, FERNANDO ALONSO
De esta edición:

ALFAGUARA

1993, Santillana, S. A.
Elfo, 32. 28027 Madrid
Teléfono 322 45 00

• Aguilar, Altea, Taurus, Alfaguara, S. A. de Ediciones
Beazley, 3860. 1437 Buenos Aires

• Aguilar, Altea, Taurus, Alfaguara, S. A. de C. V.
Avda. Universidad, 767. Col. Del Valle,
México, D.F. C.P. 03100

I.S.B.N.: 84-204-4802-8
Depósito legal: M. 5.694-1996

Primera edición: septiembre 1993
Séptima reimpresión: marzo 1996

Una editorial del grupo **Santillana** que edita en:
España • Argentina • Colombia • Chile • México
EE.UU. • Perú • Portugal • Puerto Rico • Venezuela

Diseño de la colección:
JOSÉ CRESPO, ROSA MARÍN, JESÚS SANZ

Impreso sobre papel reciclado
de Papelera Echezarreta, S. A.
Printed in Spain

El árbol
de los sueños

Para Cita.
Y también para Antonio Basanta
y Luis Vázquez
con quienes he compartido
el proceso de escritura
de este libro.

PRIMERA MÁSCARA

El hombre que escribía...

—De mañana no pasa —exclamó Huvez.
—Mañana comenzaré a escribir mi nuevo libro.
Él no recordaba ya por qué había firmado
su primer libro con el nombre de Huvez.
Quizá fuera por timidez.
O para levantar un muro
entre su vida privada y sus libros.
O por el capricho de tener
un nombre elegido por él mismo.
O...
Después de haber publicado treinta y tres libros,
pensaba que el nombre de Huvez
le sentaba como un guante.

Después de treinta y tres libros publicados,
no había conseguido superar el miedo
a la hoja en blanco.
Aquel miedo le había acompañado
desde su infancia.
Fue una experiencia que vivió
durante un examen:
Sus ojos comenzaron a abrirse
mientras leía las preguntas.
Miró a su alrededor.
Tenía la esperanza de haberse equivocado
de examen; de haberse metido, por error,
en una clase de los mayores.
Pero no.
Aquella era su clase.
Allí estaban todos sus compañeros;
y parecían tan tranquilos.
Algunos habían comenzado a escribir.
Con los ojos dilatados por el asombro, Huvez
llegó a la última pregunta.
¡Ni una!
¡No sabía nada de nada!
La hoja del examen era como un inmenso
desierto; como un espejo,
que reflejaba su mirada vacía.
De pronto, el folio se convirtió en una llanura
nevada.
Comenzó a caminar por ella y sintió
que se hundía en aquella blancura profunda.
Agitó la mano para pedir ayuda.

Poco a poco, su mano desapareció,
ahogada en aquel vacío insondable.
Luego, la hoja de papel en blanco
parecció aumentar de tamaño,
mientras que él encogía dentro de su ropa.
Finalmente, sintió que el tiempo se estiraba,
lento; y latía en sus sienes
con un ritmo que parecía congelado.
Los minutos se demoraban, igual que la gota
de agua que colgaba del grifo y se estiraba,
como si fuera de goma, resistiéndose a caer.
Aquellas tres sensaciones se repetían, de forma
sucesiva, con un ritmo cada vez más rápido.
Entonces, se dejó dominar por el vértigo;
como si estuviera girando en el centro
de un enorme remolino.
No recordaba otros detalles de aquel examen;
pero nunca había podido superar la pesadilla
horrible de aquella inmensa hoja de papel
en blanco.

Por eso, quizá, siempre escribía en folios usados
por una cara la primera versión de sus libros.
Por eso, sin duda, le había quedado una gran
inseguridad, que le llevaba a cumplir toda
una serie de rituales, minuciosos,
antes de ponerse a escribir.
Primero, ordenaba su mesa de despacho:
a su izquierda, la máquina de escribir;
a su derecha, un mazo de folios usados

y otro de folios nuevos; frente a él un tarro
lleno de lapiceros y otro, de rotuladores.
Afilaba con sumo cuidado todos los lapiceros.
Se levantaba para poner un poco de música.
Hacía unas llamadas telefónicas.
Leía el periódico.
Por último, miraba el reloj y comprobaba
que casi era la hora de la comida o de la cena.
Entonces, pensaba que ya no merecía la pena
sentarse a escribir.
—De mañana no pasa —se decía.
—Mañana comenzaré el libro.

Aquella mañana amaneció muy calurosa.
Parecía que el verano desataba toda su fuerza
sobre los que no habían podido
salir de vacaciones.
Antes de comenzar a escribir, se cambió varias
veces de ropa, hasta encontrar la más fresca.
Subió y bajo las persianas; corrió y descorrió
las cortinas, hasta conseguir la luz más adecuada.
Pensó que la lectura del periódico apenas
le robaría tiempo; porque, en verano,
el número de páginas se reducía a la mitad.
Al parecer, también las noticias se iban
a las playas para tostarse al sol.
De pronto, sus ojos se detuvieron ante

un pequeño recuadro; una noticia que se había producido en una ciudad de la costa:

ESCRIBÍA SOBRE LOS ÁRBOLES

Agentes de la Policía Municipal detuvieron en la tarde de ayer a un hombre que escribía sobre los árboles y las aves.
Z. A., que estaba sometido a estrecha vigilancia desde hacía algún tiempo, fue detenido en el parque. El acusado, que opuso resistencia a la autoridad, ingresó a última hora de ayer en la Cárcel Provincial donde se encuentra en prisión preventiva a la espera de juicio.

Huvez tiró el periódico con rabia:
—¡También yo me habría resistido! —protestó, mientras paseaba, indignado y nervioso, por toda la casa.
Muy pronto se sintió ahogado entre aquellas cuatro paredes; como debía sentirse el hombre que había sido detenido por escribir sobre los árboles y los pájaros.
¡Necesitaba respirar aire libre!

Regresó al cabo de una hora.
Aquel paseo le ayudó a serenarse y a trazar un plan.

Abrió su agenda y comenzó a llamar por teléfono
a todos los escritores que conocía.

—Debemos solidarizarnos con él —pensaba.

Las iniciales del detenido no se correspondían
con las de los escritores que él conocía.

Pero eso no importaba.

Todos los que comunicaban sus pensamientos
y sus sentimientos por medio de la palabra escrita
eran compañeros suyos.

Sus llamadas resonaron, una tras otra,
en el vacío de las casas.

—¡Qué mala pata! ¿Deben haberse ido todos
de vacaciones! —pensó,
mientras marcaba el último número.

—¿Sí...? ¡Dígame! —oyó al otro lado de la línea.

—¡Por fin!

—...

—Soy Huvez. Estoy llamando a todos
los compañeros... Pero parece que sólo quedamos
nosotros dos...

—Pues no sé lo que pensarás hacer tú; pero yo
me largo ahora mismo.

—Entonces, no te entretengo. ¿Has leído
el periódico?

—No.

—Acaban de detener a un compañero por escribir
sobre árboles y sobre pájaros. ¡Tenemos
que hacer algo!

—Y a nosotros... ¿qué nos importa?

—Pero... ¿qué dices?
—¿Tú has escrito alguna vez sobre árboles?
—...
—¡Pues yo tampoco!
—¡Lo de menos es el tema! —gritó Huvez—.
¡Es el principio! Si nos callamos, mañana
detendrán a los que escriban sobre...
—Estás sacando las cosas de quicio... Necesitas
unas vacaciones...
—Si no hacemos algo, y pronto, quien se tomará
unas largas vacaciones será nuestra libertad
de expresión.
—Perdona, Huvez, pero mi familia me espera
en el coche. Hazme caso, vete de vacaciones.
—¡Vete a...!
Huvez colgó el teléfono con rabia.
—¡Esto no cambia las cosas!
Había pensado reunir un grupo numeroso
de escritores, que se solidarizaran
con el compañero detenido.
Pero ahora necesitaba idear un nuevo plan.
—¡No me importa! ¡Estoy acostumbrado
a luchar solo!
Huvez volvió a recobrar su entusiasmo,
mientras lo ponía en práctica.
Cuando empezó a teclear en la máquina
de escribir, no sintió miedo ante la hoja
en blanco.
Poco a poco, la blancura del folio fue sustituida
por el texto de una carta:

Sr. ABOGADO DEFENSOR
Juzgado de Instrucción n.º 2
Audiencia Provincial de...

Muy Señor mío:

He conocido por la prensa la detención de un
hombre que escribía sobre los árboles
y las aves.
Aunque desconozco los detalles de los hechos,
deseo comunicarle mi voluntad de testificar
en favor de este compañero cuando se celebre
el juicio.
Espero que su trabajo de defensa, y mi
testimonio, sirvan para que ese pobre
desgraciado recobre la libertad. La misma
libertad que simbolizan los árboles y las aves
sobre los que él solía escribir.
Aprovecho esta ocasión para enviarle
un saludo muy cordial.

Firmó la carta y puso su dirección y teléfono
al pie.

Escribió en el sobre la dirección del Juzgado
que se encargaba del caso y, entre paréntesis,
añadió:

(PARA ENTREGAR AL ABOGADO DEFENSOR
DEL HOMBRE QUE ESCRIBÍA SOBRE LOS ÁRBOLES)

No puso muchos detalles en la carta;
porque no le interesaba desvelar
el resto de sus planes.
Si los argumentos del Abogado Defensor,
y su propio testimonio, no eran suficientes
para conseguir la absolución del escritor detenido,
pensaba declararse culpable del mismo *delito*.
Publicaría en la prensa un artículo titulado:
YO TAMBIÉN ESCRIBO SOBRE LOS ÁRBOLES
junto con una relación de autores que,
en sus obras, hubieran tratado el tema
de los árboles y de las aves.

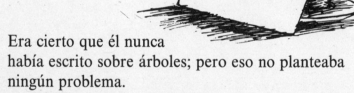

Era cierto que él nunca
había escrito sobre árboles; pero eso no planteaba
ningún problema.
Aún estaba a tiempo de hacerlo.
Podía ser un nuevo planteamiento
para su nuevo libro.
Trataba de escribir una novela autobiográfica.
Sin embargo, no pensaba relatar, día a día,
todas las cosas que le habían sucedido
a lo largo de su vida.
Su vida era suya y no tenía por qué contársela
a los demás.

No.
Era algo más complicado.
Pretendía narrar su iniciación a la vida
y a los sentimientos; su primer amor
y, sobre todo, sus sueños.
Unos sueños extraños;
que le llevaban a buscar todo lo que no tenía;
y, cuando lo había conseguido,
a echar en falta lo que había dejado atrás.
Deseaba contar su largo camino
hasta llegar a sentirse cómodo consigo mismo,
con su aspecto físico y con su forma de ser.
Tenía la esperanza de que sus lectores
pudieran encontrar alguna pista,
que les ayudara a andar su propio camino;
a descubrir y comprender mejor
sus propios sentimientos; a no sentirse solos
con sus problemas y dificultades.

Aquel libro hablaba de cosas muy íntimas;
por eso, la timidez lo invadía cada vez
que se ponía a escribir.
Era como quedarse desnudo
delante de sus lectores.
Este planteamiento nuevo le ofrecía la solución
de todas sus dudas.
Hablaría de sus sueños y de su vida;
pero como si todo le sucediera
a un personaje distinto:
¡A un árbol!

Sería como asistir a una fiesta con un disfraz.
Sería como hablar detrás de una máscara.
Y para guardar aún más su intimidad
cambiaría de máscara.
Cada capítulo sería una MÁSCARA distinta.
Y cuando hubiera completado su colección
de máscaras, cuando hubiera terminado el libro,
se lo enviaría, con una dedicatoria,
al Juez que iba a juzgar al compañero
que escribía sobre los árboles y las aves.

        A partir de aquel momento, ante los folios
en blanco, sintió que él, y su propia obra,
se transformaban en árbol.
Notó que sus raíces estaban fijas en la realidad
del suelo; mientras que las ramas
y las hojas de su imaginación,
se mecían, libres, al ritmo cambiante del viento.
Huvez escribía poseído por una fuerza extraña;
entusiasmado, al ver que poco a poco, día a día,
el montón de hojas escritas
superaba al de folios en blanco.
No le resultó difícil cambiar por árboles
a los personajes de su propia historia.
Él quería hablar de su vida
y el árbol era un símbolo de vida.

Cuando terminó el quinto capítulo,
dio por finalizado el libro.
Pero mientras ordenaba los folios
para guardarlos en la carpeta,
pensó que aquella no era la obra
que había decidido escribir.
Los cinco capítulos se habían convertido
en cinco historias distintas,
independientes entre sí.
Como seguía con su idea de escribir una novela,
necesitaba escribir una historia para unir
los cinco capítulos del libro.
Huvez sonrió porque su cabeza funcionaba
con rapidez.
Junto a cada problema, florecía de inmediato
la solución...
—Debía escribir un primer capítulo para explicar
por qué vestía un disfraz de árbol
en todos los capítulos.
Y ese primer capítulo no podía ser otro
que el relato del comienzo de su nuevo libro;
de sus dificultades y de sus dudas;
pero, sobre todo, del momento en que conoció
el caso de El HOMBRE QUE ESCRIBÍA
SOBRE LOS ÁRBOLES Y LAS AVES.

Posiblemente tuviera que escribir un nuevo
capítulo, el séptimo, para cerrar la línea
argumental de su novela.
En él relataría su experiencia en el juicio
y la conclusión de la historia del autor detenido.
Pero eso se vería más adelante.

Animado por esta idea, dominado por aquella
fiebre creativa, Huvez comenzó a escribir
el primer capítulo de su novela:

PRIMERA MÁSCARA

EL HOMBRE QUE ESCRIBÍA...

—De mañana no pasa —exclamó Huvez.
—Mañana comenzaré a escribir mi nuevo
libro.
Él no recordaba ya...

SEGUNDA MÁSCARA
Dedicatoria

AL SR. JUEZ DEL JUZGADO DE INSTRUCCIÓN N.º 2
DE LA AUDIENCIA PROVINCIAL DE...

*Señoría, no quiero que entienda esta
DEDICATORIA como una provocación.
En el siglo XVII, los escritores dedicaban sus libros
a personas de la nobleza o de alta posición
económica y social, con el fin de obtener protección
para ellos y para su obra.
Esta DEDICATORIA se sitúa en el extremo opuesto.
Yo sé que, con ella, me arriesgo a sufrir
la misma pena que el desdichado escritor
que se encuentra detenido a la espera de juicio.
Pero hay momentos en los que no se puede
guardar silencio, ni esconder la cabeza bajo el ala.
No.*

Las alas están hechas para volar,
no para esconder cabezas temerosas.
Señoría, no puedo comprender, ni admitir,
que exista una ley, o una disposición, que prohíba
escribir sobre el tema de los árboles y las aves.
Los árboles son símbolo de vida;
y las aves, de libertad.
¿De qué vamos a escribir, si se nos prohíbe escribir
sobre la vida o sobre la libertad?
Supongo que el Abogado Defensor le habrá
informado sobre mi decisión de testificar
en el juicio.
Puede considerar esta SEGUNDA MÁSCARA,
y el resto de la obra, como mi primera declaración.
Por su lectura comprobará que, también yo,
escribo sobre los árboles.
En este libro trataba de hacer un recorrido
por el mundo de mis sueños, de mis ilusiones
y de mis esperanzas.
Trataba de escribir una novela
sobre mi iniciación a la vida y a los sentimientos.
Quizá por eso, al hablar de vida
me ha venido a la pluma la idea de árbol.
Me he sentido cómodo tras el disfraz de árbol.
Detrás de su corteza y de sus ramas,
de sus hojas y de sus flores,
podía expresar mis sentimientos más íntimos,
como si se tratara de los de otra persona.
Esta SEGUNDA MÁSCARA oculta
una historia de amor, de un primer amor.

*¿Acaso, Señoría, tampoco se puede escribir
sobre el amor?
Le ruego que lea con atención, y benevolencia,
esta historia.
No creo que, con ella, incurra en ningún delito.
Le ruego también que reconsidere la situación
del compañero detenido.
Si no existe la posibilidad de modificar las leyes,
o de establecer una aplicación flexible
de las mismas, deberán preparar espacio suficiente
en las cárceles; porque tendrán que albergar
a casi todos los escritores.*

Si los delfines...

ÉL no sabía cómo había comenzado todo.
Un día, sintió que el brillo de una mirada
y de una risa destacaban entre todos los demás.
Aquellos ojos, y aquella risa, lo rodearon
como si fueran brazos.
Él se sintió bien.
Feliz.
Como nunca se había sentido.

ELLA pasó a su lado como quien pasa
junto a un semáforo, o junto a una farola:
Sin reparar en su presencia,
sin sentirse responsable de los abrazos
que pudieran haber dado sus ojos o su risa.
Se llamaba Esmeralda, por el color de sus ojos,
pero todos la llamaban Alda.
Alda tenía once años y pelo moreno;
la mirada, como un destello verde
y una sonrisa tenue y dulce.

Él pasaba el tiempo plantado en medio del patio
del colegio.
Nunca había entrado en clase.

Por eso, ignoraba muchas cosas.
Ignoraba, por ejemplo, que los árboles
no deben enamorarse de las niñas.
¿Sabe alguien de quién debe enamorarse?
Él, desde luego, no lo sabía.
Por eso, el árbol del patio del colegio
se enamoró de la niña de mirada verde
y de sonrisa dulce.

El árbol era pequeño
y procedía de tierras lejanas.
Su tronco y sus ramas se inclinaban hacia
un lado, como si estuviera siempre azotado
por el viento.
Tenía hojas menudas y flores diminutas
de color malva.

Todos los días, a la hora del recreo, los niños
y las niñas trepaban por su tronco, se colgaban
de las ramas, jugaban y cantaban
en el frescor de su sombra.
—*Alda tiene la voz más hermosa* —susurraba
el árbol bajo su corteza, con un suspiro
que le ahogaba el pensamiento.

El arbolito enamorado no sabía
cómo declarar su amor.
En presencia de la niña, se sentía torpe
y desmañado.
No sabía qué hacer con las ramas

para ser más hermoso;
ni cómo agitar sus hojas al viento,
para resultar más atractivo.
Por eso, un ahogo de emoción y de tristeza
le conmovía hasta las raíces.

A partir de aquel momento, el árbol
consagró toda su vida a Alda.
Le dedicaba cada brote nuevo, cada nueva hoja,
y todo el aroma de sus flores.
Pero Alda no sabía entender las palabras
del árbol, ni aquellos suspiros perfumados.

Cuando todos se sentaban a la sombra,
el arbolito enamorado amoldaba su tronco
y su corteza, para que la espalda de la niña
reposara más cómoda.
—¡Jo! ¡Alda siempre se coge el mejor sitio!
—protestaban todos.
—El que sabe... ¡sabe! —reía la niña.

No.
Alda no sabía interpretar aquellos sentimientos.
Sin embargo, el árbol soñaba
que ella cogía una de sus ramas.
Y juntos, de la mano,
echaban a andar por los caminos,

por las montañas y por los valles,
hasta llegar al mar.
Caminaban despacio;
para admirar el canto de los pájaros
y las flores que crecían en las cunetas.
Caminaban despacio; porque el árbol tropezaba,
y se caía, cada vez que se le enredaban las raíces
en los arbustos y las piedras.
Paseaban por la playa, recogían caracolas,
en las que se oía el mar, y llenaban sus ojos
con la dulce monotonía de las olas.
Luego, tomaba a la niña en volandas
y se echaba a nadar.
El vuelo ensordecedor de las gaviotas
les acompañaba un trecho de camino.
Se impulsaba con las raíces y con las ramas
hasta llegar a una isla.

La isla desierta donde vivían los árboles
de su misma especie.
—*Quizás allí... ¡Todo sería posible!* —pensaba
el árbol.
Recordaba una vieja historia,
que el Viento le contaba en los días
de su infancia.
Una historia que repetía desde los tiempos
de la Antigua Grecia.
Era la historia de una hermosa joven,
que se llamaba Dafne.
Para escapar del dios Apolo, que la perseguía,
Dafne se convirtió en árbol,
en un hermoso laurel.
—*Quizás Alda, por amor...*
Pero Alda, que no sabía comprender sus palabras,
menos aún podía interpretar sus sueños.

No.
El árbol enamorado no acertaba a comunicar
sus sentimientos a la niña.
Por eso, cuando caía la noche, con su manto
de soledad, el árbol se vestía de tristeza.
Aquella soledad, y aquella tristeza,
llenaban sus hojas de lágrimas.
Pero, a la mañana siguiente,
la presencia de Alda y los rayos del sol
secaban el rocío de sus lágrimas
y daban un brillo luminoso a sus hojas.
Por eso, sus lágrimas no eran amargas.

El arbolito enamorado respiraba el aire
de una mañana de primavera.
De pronto, descubrió la forma
de declarar su amor.
¡El verde de sus hojas se hizo radiante!
Como siempre, llegaron los niños y las niñas,
precedidos por el sonido de sus gritos
y de sus risas.
Como siempre, Alda fue la primera en llegar.
Y, como siempre, colgó su chaqueta de una rama.

Aquel día, el árbol no prestó atención
a sus juegos, ni a sus risas, ni a sus canciones.
Contuvo la respiración de todas sus hojas.
Centró la fuerza de su savia en un brote,
que crecía junto a la chaqueta de Alda.
Y guió la ramita hasta pasarla por el primer ojal
de la chaqueta.
Luego, en aquel brote, moldeó
la flor más hermosa de toda la primavera.

Cuando terminó el recreo, Alda descolgó
su chaqueta.
Con el tirón, se rompió la ramita
y la flor quedó prendida en el ojal.
La niña miró la flor con gesto de sorpresa.

Y el árbol palideció, avergonzado,
al sentir sobre sus hojas
la mirada sorprendida de la niña.
Alda contempló, de nuevo, la flor.
Luego, se volvió hacia uno de los niños,
que siempre andaba tras ella.
Bajó la mirada y exclamó sonriente:
—Gracias, Juan. Ha sido un detalle muy bonito.
—¿Juan? —protestó el árbol— *¡Yo no me llamo Juan!*
Pero Juan era un niño muy despierto
y ya había aprovechado aquella ocasión.
Tomó la mano de Alda y, cogidos de la mano,
se pusieron en la fila.
—*¡He metido la pata!* —murmuró el árbol.

A partir de aquel día, todo se le iba
en suspiros:
—*¡Soy un imbécil!* —protestaba una y otra vez.
Y, después de un día de suspiros,
la soledad de la noche volvía a llenar sus hojas
de lágrimas.
Pero, ahora, su tristeza era amarga
y sus lágrimas, saladas.
Por eso, cuando los rayos del sol
secaban el rocío de su llanto,
una capa de sal apagaba el brillo de sus hojas.

A la sombra de su tristeza,
a la sombra de sus hojas cubiertas de salitre,
Alda y Juan se sentaban todos los días.
Hablaban, reían y se miraban a los ojos.
Juan leía un poema, que había encontrado
en un libro de su hermano:

>   *—Si los delfines*
>   *mueren de amores,*
>   *¡triste de mí!*
>   *Qué harán los hombres,*
>   *que tienen tiernos*
>   *los corazones.*

—Si los delfines mueren de amores... —repetía
el árbol.
—¿Qué serán los delfines? —pensaba.
Las ruedas de su memoria giraban en vacío.
Llevaba tanto tiempo plantado en aquel patio,
que apenas recordaba las cosas
que había aprendido en su infancia.
Ya sólo conocía a los niños del colegio
y los pájaros del cielo.
Sabía que los delfines no eran niños, ni pájaros.
Pero, fueran lo que fuesen, le daba igual.
Comenzó a soñar que deseaba ser delfín;
porque pensaba en aquellos delfines que morían
de amor y suspiraba con su misma pena.
Con aquellos suspiros, el salitre de sus hojas
penetraba en su interior,

hasta empapar su corazón de madera
con un veneno lento y amargo.

      Aquella primavera, el árbol del colegio
comenzó a vivir su primer otoño.
Nadie comprendía que un árbol de hoja perenne
perdiera sus hojas.
Nadie podía entender que las perdiera
en pleno mes de mayo.
—Será un nuevo tipo de pulgón —dijo el jardinero.
Y bañó de pesticida las pocas hojas
que le quedaban.
Aquel mismo día, Juan grabó con una navajita
en el tronco del árbol:

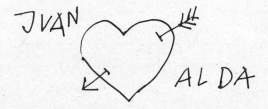

—*¡Qué vergüenza!* —protestaba el árbol—
Juan-Alda... Juanalda...
¡Suena a pastillas para la tos...!

    El comienzo del verano trajo silencio
y soledad al patio del colegio.
Ahogado por los pesticidas,
ahogado por la pena,
ahogado por aquella herida grabada en su tronco,
el árbol sintió que se detenía el torrente
de su savia.
Sintió que su vida se alejaba por la senda
de los delfines y comenzó a cantar:
—*Si los delfines mueren de amores...*
Poco después, el árbol enamorado sólo mostraba
un signo de vida:
El sonido de aquella canción
                              Si los delfines...
                                                    cada vez
que el viento soplaba entre sus ramas.

TERCERA MÁSCARA
Dedicatoria

AL SR. JUEZ DEL JUZGADO DE INSTRUCCIÓN N.º 2
DE LA AUDIENCIA PROVINCIAL DE...

*Señoría, he decidido dedicarle también
la TERCERA MÁSCARA de esta obra; porque,
sin duda, al leer la anterior ya habrá tomado
una decisión.
Deseo comunicarle que, si me considera culpable
del mismo delito por el que se encuentra detenido
mi compañero, estoy dispuesto a correr
su misma suerte.
Pienso comparecer en el juicio,
como testigo o como acusado.
Como podrá comprobar, continúo escribiendo
sobre los árboles; aunque, en el fondo, escribo
sobre mi propia vida y mis propios sentimientos.*

Esta historia es como la anterior.
Los autores casi siempre escribimos
la misma historia.
En esta ocasión he cambiado el punto de vista.
La posición del narrador.
El árbol de la primera historia guardaba
sus sentimientos en los conductos más profundos
de su savia.
Por eso, nadie conoció nunca la razón
de sus cambios, de su tristeza y de su muerte.
Por eso, quizá, todos vivieron la historia
como se narra en esta TERCERA MÁSCARA.
Aunque, también es posible que se trate de otro
árbol; de otro personaje o de otra historia.

Tres hojitas, madre

Cierto día, perdido ya en los desvanes
de la memoria, inauguraron el colegio
y plantaron el árbol del patio.
Un árbol pequeño, hojas y flores menudas.
Su tronco se elevaba formando una suave rampa.
Y, por ella, los niños y las niñas trepaban
hasta las ramas, que se extendían acogedoras
y se derramaban en cascada
casi hasta tocar el suelo.
El árbol se contagiaba por la felicidad
de los niños.
Y aquella felicidad hacía resplandecer
sus hojas y sus flores.

Aquel año nombraron nuevo director del colegio.
Y el nuevo director estableció normas rígidas
y severos castigos para quienes no las cumplieran.
A partir de aquel momento, los niños y las niñas
formados en hileras, rectas, marchaban,
tiesos y silenciosos, camino de sus clases.

El director mandó instalar armazones metálicos
para que los niños treparan por ellos.
Y, el mismo día, colgaron del arbolito un cartel
que decía:

A partir de aquel momento,
la risa voló del patio del colegio.
El árbol contemplaba a los niños y las niñas,
que jugaban entre aquellos armazones,
serios, como pájaros enjaulados.
A partir de aquel momento, vestía la soledad
de sus ramas con la misma seriedad de los niños;
se contagiaba de su mismo aburrimiento
y se ahogaba en su misma tristeza.

Cada vez que el árbol se sentía triste,
una hoja caía de sus ramas, como una lágrima.
Derramó tantas lágrimas a lo largo del curso,
que, al comenzar las vacaciones de verano,
había perdido todas sus hojas.
La soledad que trajeron las vacaciones
al patio del colegio, y el calor agobiante

que acompañaba los días del verano,
acabaron de secar su última gota de savia.
Sin la protección de sus hojas,
aquellos días calurosos eran terribles.
Pero la calma y el frescor de la noche
despertaban su pensamiento y sus sueños.

En las noches de luna llena, jugaba
con su sombra a imaginar historias: historias
de guerreros y dragones; historias de ríos negros,
donde se bañaban princesas y unicornios blancos;
historias terroríficas en las que la sombra
de sus ramas se extendía por las calles

y las plazas, como los tentáculos de un inmenso
pulpo, para atrapar a todo el que paseaba
distraído.
Estas últimas historias siempre conseguían
espantarle el sueño.
El árbol trataba de encontrarlo contando ovejas,
y contando niños y niñas, que caminaban en filas,
con el mismo uniforme, con el mismo paso,
con el mismo rostro repetido.

El árbol no conseguía encontrar el sueño.
Sin embargo, aquellas interminables filas
de rostros repetidos, le recordaban que,
junto con sus hojas, había volado
una página de su vida.
El árbol no conseguía encontrar el sueño;
por eso, comenzó a hacer planes para llenar
las páginas en blanco del resto de su vida.

—*Apenas han cambiado las cosas* —pensaba.
Ahora, que no podía dar sombra; ni perfumar
el aire con sus flores; lo adornaría todo
con su música.
Cada vez que soplaba el viento,
el árbol movía sus ramas, para ensayar
nuevos sonidos y nuevas canciones.
Entre el olvido del pasado y los planes
para el futuro, el árbol vivió
sus vacaciones de verano.

El primer día de clase, llegaron
los profesores y profesoras, llegaron los niños
pequeños acompañados por sus padres
o sus abuelos, llegaron los mayores cargados
con mochilas llenas de libros.
Y todos se quedaron mirando al árbol
que no tenía hojas, sin acabar de creer
lo que veían.
—*¡Pasa contigo, tronco!* —gritó uno de los niños.
—¡Qué pena! —suspiraban los demás.
—¿Qué vamos a hacer ahora con él?
—se preguntaban los padres.
—Pues... ¡muy sencillo! —resolvió el director—
¡¡Cortarlo!!
De pronto, se levantó una oleada de protestas
contra la decisión del director.
Aquel árbol siempre había estado allí.
Los padres y los abuelos lo conocían
desde que eran niños.
Aunque no tuviera hojas ni flores, su presencia
les despertaba recuerdos de la infancia.
La experiencia de trepar por su tronco,
de contemplar el mundo desde sus ramas,
era algo que unía a los padres,
a los hijos y a los abuelos.
—¡¡No permitiremos que lo corten!!— gritaban
los padres, mientras que los niños alborotaban
y aplaudían entusiasmados.

Cuando se presentaron los leñadores
que iban a talarlo, ni siquiera pudieron acercarse.
Los niños y las niñas, los padres, las madres
y los abuelos, unidos de la mano, formaban
círculos alrededor del árbol.
Algunos llevaban pancartas y las coreaban
a gritos:

Cada vez que oía la palabra **cortar,**
al árbol se le hacía un nudo en el tronco.

Aquella cadena de personas, aquellas pancartas
y aquella unión, consiguieron salvar
el arbolito del patio.

Mientras los leñadores se marchaban protestando,
el árbol aprovechó unas ráfagas de viento,
para entonar una canción, que había ensayado
durante los días del verano.
Entonces, sobre el patio del colegio se desplegó
un abanico de sonrisas y de asombro.

Todos aplaudieron cuando terminó aquella
música.
Todos aplaudieron cuando un grupo de padres
alzó una pancarta en la que se leía:

Y todos rieron cuando un grupo de niños
desplegó otra que decía:

Aquel triunfo les dio mucha fuerza.
Por eso, una representante de la Asociación
de Padres, quitó el cartel que ponía:

y dijo:
—Estamos de acuerdo con una parte
de esta prohibición.
No nos parece mal que al árbol
se le prohiba trepar.
Sin embargo, queremos que los niños y las niñas
puedan volver a subir por su tronco
y por sus ramas, como lo hicimos todos nosotros
de pequeños.
Los aplausos y los gritos de alegría subrayaron
sus últimas palabras.

El árbol se contagió de aquel entusiasmo
y deseó volver a ser como antes era.
Aprovechando aquellos momentos de euforia,

intentó despertar el torrente de su savia;
pero todos los esfuerzos resultaron inútiles.

Entonces decidió buscar ayuda y le dijo al Sol:
—*Por favor, tú que eres tan poderoso...*
¿Puedes darme hojas?
—*Yo no me entretengo en dar hojas a los árboles*
secos —refunfuñó el Sol— *¡¡Vete tú a buscarlas!!*
—*Sólo puedo caminar en mis sueños...*
Y ahora necesito hojas de verdad —suspiró
el arbolito.

Pasó el Viento Gris y el arbolito gritó:
—*¡Tú que eres tan poderoso... dame algunas hojas!*
—*Yo sólo sé quitar las hojas de los árboles* —repuso
el Viento—. *No puedo ayudarte.*
Pasó la Lluvia y el árbol le dijo:
—*Señora Lluvia, mis pies están clavados*
en el suelo, ¿quieres traerme algunas hojas?
Pero la Lluvia le contestó:
—*No puedo dar nada a nadie. Yo sólo sé llorar*
por las desgracias de los demás. Hoy es tu día
de suerte; porque, de ahora en adelante, lloraré
un poco por ti.
Las lágrimas de la Lluvia regaron el patio
del colegio, mientras se iba a otra parte,
con la música de su llanto:
—*¡¡Ay, Señor, qué desgracia!! ¡Un arbolito*
qué no tiene hojas!

El árbol murmuró para sus adentros:
—*He acudido a los más poderosos y no me han ayudado.*
¡Ya nadie podrá ayudarme!

El semáforo que había tras la verja del colegio
le guiñaba uno de sus ojos.
Y el árbol quiso ser semáforo para poder
encender sus luces, roja, amarilla y verde,
redondas como manzanas.
Luego, con la tranquilidad de que nadie volvería
a intentar cortarlo, el arbolito comenzó a hacer
planes, para dar un nuevo sentido
a su nueva vida.

Todos los días, el árbol prestaba su tronco
y sus ramas para que los niños y las niñas
treparan por ellos.
Todos los días, a la hora del recreo,
en el árbol florecían libros y carteras,
chaquetas y jerséis de todos los colores.
Gracias a ello, el árbol volvía a dar sombra;
y, a su sombra, florecieron de nuevo
los juegos y las canciones.

Cuando se acercaba la Navidad, colgaron
de sus ramas bolas y guirnaldas de colores,
muñecos de peluche y bastones de caramelo,
juguetes y regalos, que todos trajeron
de sus casas.
Estaba tan hermoso, que lo presentaron
al Concurso de Árboles de Navidad.
Fue un premio muy reñido y los miembros
del jurado tuvieron que repetir varias veces
las votaciones.
Entonces, el árbol aprovechó unas ráfagas
de viento para entonar un villancico,
que había aprendido de los niños.
Al oír aquella música, los miembros del jurado
le concedieron, por unanimidad,
el primer premio.
Estaba tan contento, y se encontraba tan
hermoso, que quiso ser, para siempre,
Árbol de Navidad.
Pero aquella Navidad sólo duró
lo que todas las Navidades.

El árbol ganó otro premio en los Carnavales.
Lucía un disfraz de barco y, entre sus ramas,
convertidas en mástiles, se alineaban los niños
y las niñas vestidos de piratas.
En lo más alto, ondeaba la bandera negra,
con la calavera y las tibias cruzadas.
Su disfraz de barco pirata le valió el premio.

El árbol era feliz vestido de barco pirata.
Y deseó que aquella travesía no terminara nunca.
Pero su alegría, y su disfraz, se desvanecieron
junto con los alegres días del Carnaval.

Su tercer premio de aquel año lo ganó
en las Fiestas Patronales de la ciudad.
En esta ocasión iba disfrazado
de Castillo de Fuegos Artificiales.
Representaba una cascada de luz
que caía por sus ramas.
Pero aquella cascada luminosa se apagó al mismo
tiempo que todas las luces de las Fiestas.

Los tres premios llenaron de orgullo
a todo el colegio y de alegría
al arbolito del patio.
Su alegría se unió a la de todos los niños,
que florecían entre sus ramas a la hora del recreo.
Y aquellas alegrías, unidas, consiguieron
despertar en su interior un hilo de savia.
Con las lluvias de abril, el árbol concentró todas
sus energías, todos sus pensamientos y todos
sus sueños, en tirar hacia arriba de aquel hilillo
de savia.
Pocos días después, en el árbol florecieron
unas hojas.

En corro, a su alrededor, los niños y las niñas
cantaban:

> *Tres hojitas, madre,*
> *tiene el arbolé.*
> *La una en la rama,*
> *las dos en el pie,*
> *Inés, Inés,*
> *Inesita, Inés...*

Los niños cantaban sonriendo, y también sonreía
el árbol.
Porque pensaba que había ganado la batalla
más importante de toda su vida.
Porque sabía que, al final de aquella primavera,
habría recuperado todas sus hojas;
y, con un poco de suerte,
                    con un poco de esfuerzo,
                              todas sus flores.

CUARTA MÁSCARA
Dedicatoria

AL SR. JUEZ DEL JUZGADO DE INSTRUCCIÓN N.º 2
DE LA AUDIENCIA PROVINCIAL DE...

*Espero que la lectura de esta CUARTA
MÁSCARA le ayude a comprender mejor a su cliente.
Yo no conozco al compañero detenido,
ni he leído nada de su obra.
Pero soy escritor como él y puedo imaginar
y comprender las razones que le movieron
a escribir sobre estos temas.*

*Supongo que, en muchas ocasiones, se encontró
atrapado por la monotonía,
por la rutina de sus días repetidos.*

Y eso, sin duda, le llevó a sentirse como un árbol.
Árbol aferrado al suelo;
sin poder escapar de su puesto.
Árbol con su vida programada, de antemano,
por el ritmo inalterable de las estaciones.
Y, cuando uno se encuentra atrapado, es normal
que sienta deseos de escapar.
De volar, libre, al ritmo cambiante del viento
y siguiendo la voluntad de sus propias alas.
Quizá no fueran esas las razones que le llevaron
a escribir sobre los árboles y los pájaros.
Pero, no me cabe duda, de que siempre escribió
movido por sus sueños.

Sr. Abogado Defensor, con esta CUARTA MÁSCARA
deseo darle argumentos para demostrar al Juez
que nadie puede ser encarcelado por sus sueños;
y menos aún por la timidez de ocultarse
tras una máscara para poder expresar
unos sentimientos que no sería capaz de comunicar
a cara descubierta.

El corazón de metal

Estaba en el cruce de dos calles.
Sobre la acera, erguido y radiante, porque iba
a comenzar su primer día de trabajo.
A su derecha se levantaba un colegio;
a su espalda, la Biblioteca Pública;
y, frente a él, el parque.

Sabía que la vigilancia de aquellos puntos
era un trabajo de gran responsabilidad.
Sabía que aquel era un barrio alejado
del centro de la ciudad.
Pero no le importaba.
—*No está mal para ser mi primer empleo.*
Luego, cuando demuestre que estoy preparado,
me trasladarán al centro —pensaba.
Le habían enseñado que, en su oficio,
era muy conveniente empezar desde abajo.
Por eso, el semáforo, radiante de nuevo, sintió
que algo muy parecido a la felicidad latía
en su corazón de metal.

Tres hombres, vestidos con mono azul,
trabajaban en la instalación del semáforo.
Parecían muy jóvenes.
Aquel debía de ser, también, su primer día
de trabajo.
A su lado había una caja de herramientas abierta.
Esparcidos a sus pies, se veían alicates, una llave
inglesa y varias tuercas.
Uno de los hombres peló el extremo de los cables.
Luego, los empalmó con otros
que salían del suelo.

El semáforo sintió, de pronto, que una corriente
de vida se esparcía por su interior.
Aquella corriente era prolongación
de la que palpitaba bajo el suelo de la ciudad,
entre la tierra y las vetas de agua, que transmitían
su alimento y su vigor a las plantas.
El semáforo tenía encendidas todas sus luces.

Parpadeaban a un tiempo y lanzaban destellos.
Eran sus primeros saludos al mundo
que le rodeaba.
Los tres hombres del mono azul
terminaron de fijarlo al suelo.
Luego, ajustaron las luces.
Y se quedaron un rato
observando cómo funcionaba.
Por último, uno que parecía el jefe exclamó:
—¡Ahora, el tráfico es cosa tuya!
Mientras le daba una palmada.

El semáforo abrió los ojos
y paseó sus luces, como una caricia,
sobre el pequeño mundo que dominaba su vista.
Encendió su ojo verde y recorrió el parque.
Los jardines y las flores, los toboganes
y los columpios.
Encendió la luz roja, contempló la calle
y se detuvo en cada portal, en cada escaparate.
El parpadeo de su ojo ámbar se asomó al bullicio
del patio del colegio.
Y su guiño se reflejó en todos los rostros,
como una línea intermitente,
que pintaba sonrisas de oro.
Finalmente, se coló por una ventana para conocer
la Biblioteca Pública.

Sus tres luces pusieron pinceladas de color
en el silencio de los lectores
y en sus gestos ensimismados.

Entonces, advirtió que un rumor contenido,
como una música, brotaba de todos los libros.
Sintió que una parte del mundo, de sus gentes
y de sus tierras, de sus alegrías y de sus
problemas, se encerraba entre los muros de papel
de aquellos libros y los muros de ladrillo
de la Sala de Lectura.
Por eso, decidió frecuentar aquella biblioteca
para conocer los libros que albergaba.
De esta forma, su vida se vería multiplicada
por la vida de todos los autores
que habían escrito aquellos libros;
y su mundo se completaría con todos los mundos
que estaban encerrados en cada uno de ellos.

Después de explorar cuanto alcanzaba
su mirada, centró su atención en el trabajo
y comenzó a encender sus luces tal y como
le habían enseñado en la Escuela de Semáforos.
Manejaba las luces como si fueran una batuta.
Entonces, los peatones se ponían en movimiento,
y los coches hacían sonar sus motores, al ritmo
que él les marcaba.

Sintió que era la pieza fundamental
de la estridente sinfonía del tráfico.
—*¡Es divertido el trabajo de semáforo!* —pensaba.

Se asomó a los espejos de los coches
para contemplar su figura;
y soñaba con tener un espejo grande,
donde pudiera verse de cuerpo entero.
Aquel era su primer deseo.
Por eso, tenía la fuerza de las cosas nuevas.
La fuerza de aquel sueño le ayudó a despertar
la fuerza del trueno.
Poco después, un tremendo aguacero
descargó sobre las calles de la ciudad.
El semáforo sonreía satisfecho, porque la lluvia
había convertido el pavimento
en un inmenso espejo.

Mientras duró aquel espejo de agua, se entretuvo
en admirar su aspecto y el fulgor de sus luces
nuevas, capaces de convertir en arco iris
los charcos de las calles.
Y llenaba su mirada de esperanza, mientras
soñaba con otro puesto de mayor responsabilidad.
Por eso, su trabajo, repetitivo y rutinario,
se vestía de una dulce monotonía.

Pasó mucho tiempo sobre el semáforo
y sobre el barrio.
Todos los días se desprendían desconchones
de pintura; y las fachadas de las casas
denunciaban, por aquellas heridas la mala calidad
de los materiales que habían usado al construirlas.
Cuando saltó la primera esquirla de su pintura,
el semáforo comenzó a participar
de aquella degradación.
Lleno de barro por las salpicaduras de los coches,
con una espesa capa de hollín,
que nublaba su pintura y sus cristales,
sintió que la esperanza cerraba sus puertas
y él se quedaba fuera, desconcertado y solo.

Sospechaba que nunca lo trasladarían
al centro de la ciudad.
La dulce monotonía de su trabajo se convirtió
en una rutina tediosa y desesperanzada.
Y una profunda tristeza corrió por sus cables
hasta hundirse bajo el pavimento.
Allí desahogó su pena en el laberinto de tuberías
que perforaban el suelo, en los cables del teléfono
y en las raíces de los árboles, que, como
él mismo, extendían sus dedos bajo las calles.

Por primera vez pensó que había equivocado
su destino.
Por primera vez, soñó que quería ser árbol.
Deseaba romper la cantinela monótona

de sus gestos repetidos; sentir el ritmo cambiante
de las estaciones; ver reconocido el esfuerzo
de su trabajo con la recompensa de las hojas
y de las flores.
—*¿En qué me habré equivocado?* —suspiraba
una y otra vez, mientras hacía cábalas
sobre sus posibles errores.
Quizás había unido demasiado su propio destino
al destino de aquel barrio.
Quizá debiera de haberse dado más importancia,
para que su labor fuera más valorada.
—*¡Nunca es tarde para empezar!* —gritó
para sus adentros; y subrayó aquel grito
encendiendo, de pronto, todas sus luces.
Las carreras de los peatones y los frenazos
de los coches le demostraron la fuerza que tenía.

　　　A partir de aquel momento, para mostrar
su poder, comenzó a alterar el ritmo de su trabajo
de una manera arbitraria y caprichosa.
Cuando le apetecía, dejaba encendida la luz roja
y obligaba a los coches a permanecer quietos,
hasta formar una cola que abarrotaba la calzada.
Cuando los peatones comenzaban a cruzar,
confiados en la luz verde, encendía de pronto
la roja y todos tenían que correr,
para no ser aplastados por los coches.

Y cada vez que se aburría de su rutina diaria,
dejaba conectada la luz ámbar.
Su guiño intermitente se extendía sobre el caos
circulatorio como una sonrisa malvada,
que llenaba de indignación a peatones
y conductores.
Para silenciar aquellas protestas, inventaba
con sus luces canciones disparatadas,
que irritaban aún más a conductores y peatones:

—Mi diente verde
muerde
el horizonte
y se pierde
en un cielo de tul,
azul.
Verde, verde, verde.
¡No te quiero, verde!

Venga el amarillo
con su filo de cuchillo,
su corazón de membrillo
y su ritmo machacón
de cuclillo y de martillo.

Pero lo aplasta el rodillo
del ojo rojo,
birojo,
del gorgojo cojo,
que baila en el matojo.

¡Rojo, rojo, rojo!
¡Ojo, ojo, ojo!
¡Jo! ¡Jo! ¡Jo!

Aquella carcajada estridente hacía parpadear,
de forma caprichosa, todas sus luces y una risa
malvada discurría por sus cables
hasta penetrar en el suelo.

Con raíces de ira y de resentimiento, bebía
la energía de todos los manantiales que corrían
bajo el asfalto, hasta llegar a las fuentes
del centro de la Tierra.
Aquel fuego brotaba por sus luces
con la fuerza de un incendio.
Luego, cruzaba los cables y desahogaba su rabia,
en forma de corriente eléctrica, sobre todo aquel
que lo tocaba.
Y, cada vez que un peatón recibía una descarga,
el semáforo parpadeaba con un guiño burlón.

Pero aquellos guiños burlones y aquellas
risas malvadas no le duraron mucho tiempo.
Una mañana llegaron los tres empleados
del ayuntamiento, con sus monos azules
y sus cajas de herramientas.
Eran los mismos que lo habían instalado;

pero también por ellos había pasado el tiempo.
El que parecía el jefe comenzó a dar órdenes:
—¡Vamos a ver qué tripa se le ha roto a éste!

Al semáforo no le hizo ninguna gracia
que lo hurgaran por dentro.
Por eso, encendió todas las luces a la vez,
mientras protestaba:
—*¡Más respeto! ¡Yo soy una Autoridad*
del Ayuntamiento! ¡Soy el Encargado
de la Circulación!
Pero los obreros no podían oírle y se afanaban
en su trabajo.
Al cabo de un rato, el jefe gritó:
—¡Vale, muchachos! ¡Ha quedado más suave
que un guante!
Éste ya no volverá a gastar bromas con las luces.

A partir de aquel día, el semáforo
cambió de carácter.
Nunca más volvió a pensar en su autoridad,
para no volver a abusar de ella.
Centró su interés en las gentes del barrio
y, muy pronto, conocía por su nombre
a todos los niños, a todas las niñas
y a todas las personas mayores.

Ahora que conocía a todos sus habitantes,
le gustaba aquel barrio.
Se sentía como un vecino más.
Había pasado el tiempo, mucho tiempo.
Y, junto con el tiempo, había visto pasar
camiones cargados con los nuevos semáforos
que instalaban en el centro de la ciudad.
Eran mucho más modernos que él.
Unos tenían un hombrecito verde y uno rojo,
para avisar a los peatones cuándo podían cruzar;
otros, tenían un botoncito para pedir paso;
y, los más nuevos, un pequeño altavoz que emitía
pitidos; de esta forma, aquellos que no podían
ver, sabían cuando debían cruzar la calle.
Junto con el tiempo, también había visto pasar
camiones del ayuntamiento cargados
de semáforos, viejos como él, rumbo
a los almacenes de chatarra.
Entonces pensó que lo habían engañado;
que, cuando se comenzaba desde abajo,
se corría el riesgo de terminar en el mismo sitio.

No.
Él ya no soñaba con trabajar en el centro
de la ciudad.
Ahora deseaba, tan sólo, permanecer
en su puesto.
En aquel barrio donde se sentía
como un vecino más.
Volvió a soñar que quería ser árbol y echar raíces,

fuertes y profundas, para que nunca
lo llevaran los camiones de la chatarra.

Con aquellos pensamientos, con aquellos sueños,
su carácter se tornó bondadoso.
Ya no se enfadaba, ni siquiera cuando los perros
levantaban la pata y lo dejaban empapado.
El semáforo pensó que debía dedicar su trabajo
a ayudar a sus vecinos del barrio,
para que su vida fuera un poco más fácil.
Cuando veía a un anciano, encendía enseguida
la luz verde.
Ayudaba a los que volvían del mercado, cargados
de pollos y verduras.
Y, a la salida del colegio, no encendía la luz roja
hasta que había cruzado el último niño.

Pasó algún tiempo y, con la armonía
que había creado, el semáforo se sentía feliz.
Por eso, cuando volvieron los tres empleados
del ayuntamiento, pensó:
—*¡Esto no hay quien lo entienda!*
¿Qué habré hecho de malo ahora?
Los obreros sacaron otra vez sus herramientas:
—¡Vaya lata que nos ha dado éste! —dijo uno.
—Cuando uno sale malo... ¡malo! —exclamó
el segundo.

—Éste ya está para que lo jubilen...
¡Como nosotros! —bromeó el tercero.
El semáforo pensaba:
—*Quisiera ser árbol y quedarme en este barrio.*
Para siempre.

Cuando uno de los hombres cogió los alicates,
él apagó sus luces y cerró con fuerza los ojos:
—*Si contengo el aliento, no podrán acabar*
conmigo —pensaba.
Entonces se oyó:
—CLIC.
Y el semáforo perdió la noción del tiempo.
Estaba dormido cuando lo echaron al camión
de la chatarra.
Por eso, no pudo ver a todos sus amigos
del barrio, que le decían adiós llenos de tristeza.

Al despertar se encontró tirado en un basurero,
en lo alto de una colina de chatarra.
Erguido sobre coches viejos
y viejos electrodomésticos,
el viejo semáforo conservaba toda su dignidad.
Sentía que una energía nueva circulaba
por su interior.
Toda la electricidad que había pasado
por sus cables, toda la fuerza que había bebido
del centro de la Tierra, habían convertido
su corazón de metal en un potente imán.
En su parte más alta, el semáforo había atraído

el manillar de una bicicleta, un pie de lámpara,
un trozo de antena de televisión, cazos y sartenes.
Y todos aquellos elementos habían adoptado
la forma de copa de árbol.
El semáforo era feliz con su nuevo aspecto;
porque le ayudaba a soñar que era un árbol.
Un hermoso árbol de frutos rojos, amarillos
y verdes.
La fuerza magnética que anidaba en su corazón
de metal, transmitía toda la energía a su sueño.
Por eso, supo que, un día,
llegaría a hacerse realidad.

Algún tiempo después, pasó por allí
un hombre.
Sus manos, cruzadas a la espalda, sujetaban
una carpeta y su mirada estaba clavada
en el suelo.
El semáforo intentó llamar su atención,
aquel hombre era un viejo amigo, un escultor
que vivía en su barrio.
Pero el escultor caminaba ensimismado,
porque acababan de encargarle una escultura
para instalar en el parque.
—Sería mejor que emplearan el dinero en plantar
más árboles —pensaba.
Lo único que necesitaba, en aquel momento,
era tener una idea para plasmar en su escultura.

Y, como no la encontraba, volvía a pensar:
—¡Árboles! ¡Hacen falta más árboles!
El semáforo estaba tan preocupado por atraer
su atención, que se olvidó de aplicar parte
de la fuerza de atracción a los objetos
que formaban su copa.
Por eso, una sartén y un cazo cayeron,
desde lo alto, al montón de chatarra.
El escultor levantó la mirada, sobresaltado
por el ruido.
De pronto, sonrió entusiasmado.
¡Había reconocido al semáforo del barrio!
—¿Árboles? —gritó el escultor.
Luego, se sentó sobre una vieja lavadora,
abrió su carpeta y comenzó a dibujar.
El escultor sonreía, porque el viejo semáforo
acababa de regalarle la idea
que tanto había buscado.

Al día siguiente trasladaron el semáforo,
junto con un montón de chatarra,
al estudio del escultor.
Y, durante siete semanas, trabajó encerrado
en su estudio, sin dejar que nadie
presenciara lo que hacía.
Las gentes del barrio estaban llenas de curiosidad.
Las únicas informaciones que les llegaban
de la escultura eran los resplandores azulados

del soldador y el ritmo incesante
de los martillazos.

El último día de la séptima semana instalaron
el pedestal en el parque.
Estaba formado por cuatro grandes cubos
metálicos, unidos por puntos de soldadura.
Para hacer aquellos cubos, habían prensado
un montón de coches en un taller
de reciclado de chatarra.
Las gentes del barrio no podían comprender
el misterio que rodeaba la construcción
de la escultura, ni el significado
de aquel extraño pedestal.
Y no paraban de hacer comentarios, durante
la instalación de la valla metálica, que ocultaría
la estatua hasta el día de la inauguración.
—¡Es el pedestal más raro que he visto en mi vida!
—decía uno.
   Pero... ¿alguien ha visto alguna escultura
de ese hombre?
—¡Seguro que nos hace una chapuza!
—se lamentaba un tercero.

    El día de la Fiesta del Barrio todos
esperaban ansiosos el momento
de la inauguración.

Todos trataban de imaginar lo que se ocultaba
tras unas cortinas que rodeaban la escultura.
Cuando llegaron las autoridades, precedidas
de la Banda Municipal, se adelantó el alcalde
y dijo:
—Creo que todas las obras de arte hablan
por sí mismas.
Pero esta escultura, en especial, no necesita
presentación ni discursos.
Hizo un gesto a la banda y se escuchó un redoble.
Luego, el alcalde descorrió las cortinas.
Los aplausos de todos los habitantes del barrio
acallaron el sonido de los tambores.
Porque todos habían reconocido, en aquel árbol
metálico, a su viejo y querido semáforo.

Entonces, el semáforo sintió que se habían
cumplido sus sueños; que la fuerza
de su magnetismo se volvía luminosa y alegre
dentro de su corazón de metal.
Entonces, sin necesidad de conectarlo a la red,
sin necesidad de enchufes, ni de cables,
el semáforo dejó lucir sus tres frutos,
rojo, amarillo y verde,
que esparcieron su alegría sobre el barrio.
Aquel barrio donde todos le conocían, donde
todos le querían, donde todos le trataban
como a un compañero más.

QVINTA MÁSCARA
Dedicatoria

A LOS ÁRBOLES Y A LAS AVES

Porque, si prospera la denuncia
y se mantiene la prohibición, ya nadie volverá
u mencionar los árboles ni las aves, en sus escritos.
Pero no quiero veros tristes.
No quiero ver vuestras hojas apagadas,
ni vuestro vuelo lánguido.
Tenéis que aprender a leer entre líneas.
Debéis saber que cada vez que alguien hable
de la Tierra, estará hablando de vuestras raíces.
Cada vez que alguien hable del aire,
estará hablando de vuestro vuelo.
Cada vez que alguien hable de la vida, estará
hablando de la canción del viento entre las ramas

y de las múltiples variaciones de vuestro canto
emplumado.
Y cada vez que alguien hable de libertad, estará
hablando del vuelo de vuestras alas
y de vuestras hojas.
Sabed, sobre todo, que no necesitáis a nadie
para que hable de vuestras cosas.
Debéis hacerlo vosotros mismos,
con vuestro propio lenguaje.
Como habéis venido haciéndo
desde el principio de los tiempos.
De esta forma, vuestra voz será más auténtica.
Y nadie podrá manipularla.

La joya

El paisaje que divisaba frente a él
era muy hermoso.
Estaba rodeado de flores exóticas;
disfrutaba de un clima templado y constante
y sabía que lo cuidaban más que a ningún otro.
—*Me encuentro en el mejor de los mundos*
—pensaba.

En el rincón más resguardado del invernadero,
sobre una mesita de hierro y mármol,
el cerezo enano se dejaba mimar.
El arbolito era feliz cuando su dueño mostraba
a alguien su colección de plantas.
Conocía muy bien el ritual de aquellas visitas:
Su dueño explicaba, de forma detallada,
los pormenores de cada planta tropical;
la belleza, delicada y frágil, de las orquídeas
y el misterio inquietante de las plantas carnívoras.
Por último, se detenía frente al cerezo.
Lo contemplaba en silencio.
Extendía su mano y exclamaba
con una gran sonrisa:
—Y ésta... ¡es mi joya! ¡Mi cerezo bonsai!

El cerezo y su dueño disfrutaban cuando alguno
de los visitantes no había oído hablar
de los bonsai; porque esto le permitía extenderse
en explicaciones sobre el antiguo arte
de cultivar arbolitos enanos.
Al cerezo bonsai no le importaba que lo podaran
con frecuencia; que recortaran sus hojas
y las raíces que crecían demasiado;
que oprimieran con alambres sus ramas
y su tronco para darles la forma deseada.
No.
Él sabía que debía pasar por todo aquello
si quería ser el más hermoso.
Y dibujaba una sonrisa,
en el brillo encendido de sus frutos,
cuando escuchaba los comentarios de su dueño:
—Es preciso retocarlo, una y otra vez,
como si fuera un cuadro, como si fuera
una estatua.
—¿Las cerezas se comen? —preguntó un niño.
—¡Qué horror! —exclamó su madre— ¡Sería
un crimen!
—Tiene razón, señora. Sería un crimen —repuso
el dueño, con un temblor en los ojos.
Con un temblor en las hojas, el bonsai recordó
algo, que había sucedido unos años atrás:
Cierto día, el hijo del dueño arrancó dos cerezas
y, antes de que su padre lo advirtiera,
se las metió en la boca.
Poco después, las escupió protestando:

—¡Qué asco! ¡Están agrias!
El padre contempló las cerezas mordidas,
con el estupor reflejado en los ojos.
Luego, un destello endureció su mirada
y una bofetada resonó como un portazo.
—*Me quiere más que a su hijo* —sonrió el bonsai.

Desde aquel día, el pequeño cerezo
rebosaba felicidad.
Pensaba que era el personaje más importante
de aquella familia, del invernadero y del pequeño
mundo representado en su maceta:
Piedras que figuraban rocas y montañas; trozos
de cristal, que simulaban las aguas de un río;
un puente sobre aquel río; un camino
y una casita al final del camino.

Cuando la noche corría sus cortinas sobre
los cristales del invernadero, soñaba
que el mundo simulado en su maceta
era el único mundo que existía.
El pequeño cerezo no sabía aún, no podía
saberlo, que en aquella misma calle vivía
un hombre que tenía una sola afición:
crear mundos diminutos llenos de paz,
de armonía y de belleza.

Aquel hombre, que vivía en la misma
calle, no tenía la profesión de creador de mundos.
Era médico.
Especialista en pediatría y cirugía infantil.
Por eso, la rutina de sus días repetidos estaba
en contacto permanente con la enfermedad
y con el dolor.
Pero la rutina de su trabajo no le había servido
para endurecer su espíritu.
Después de tantos años de ejercer su profesión,
seguía sin admitir un mundo en el que los niños
sufrían.

Por eso, se dedicaba a construir mundos
en miniatura, para descansar su pensamiento,
durante unas horas, de aquel problema
que no podía resolver.

Construía paisajes con casas y campos, bosques
y montañas, vías y túneles por los que circulaban
trenes diminutos.
Construía terrarios que reproducían un trozo
de campo, en el que había rocas, ramas
e insectos.
Construía barcos dentro de botellas,
en las que siempre encerraba el mismo paisaje
marinero: un puerto, una punta de tierra, sobre
la que se levantaba un faro, y un cielo azul
bordado de gaviotas.

En sus ratos libres, aquel hombre perdía
la mirada por los pequeños mundos
que había creado.
Y la felicidad en miniatura de aquellos paisajes
le ayudaba a descansar de las imágenes de dolor
y sufrimiento que había presenciado
durante la jornada.

Cierto día, cuando el hijo del dueño
del bonsai montaba en bicicleta,
fue arrollado por un coche.
En estado muy grave, condujeron al niño
al hospital donde trabajaba el creador de mundos
en miniatura.
La ambulancia subrayaba con su sirena
la gravedad de las heridas.

Durante varias horas, el médico luchó
por salvarle la vida.
Durante varias horas, trató de recomponer
aquel cerebro, que le recordaba
las dunas de un desierto en miniatura.
Después de un tiempo, que a todos pareció
interminable, el médico salió del quirófano.
Sonreía como si acabara de descubrir un oasis
en aquel pequeño desierto
que había reconstruido.

Cuando el niño se recuperó por completo,
su padre invitó al médico y a su hija a una fiesta
que daba para celebrar su regreso a casa.
Durante la fiesta, los condujo hasta
el invernadero.

Desde su rincón privilegiado, el cerezo bonsai
canturreaba para sus adentros el programa
de la visita:
—*Primero: las plantas exóticas.*
Luego, las orquídeas y las plantas carnívoras.
Por último... ¡yo!
De pronto, su cantinela se convirtió en un silencio
perplejo.
Algo no funcionaba.
El cerezo bonsai no podía creer
lo que estaba escuchando.

Su dueño repitió:
—Doctor, le ruego que acepte este regalo.
Es mi cerezo bonsai, la joya del invernadero...
—No puedo aceptarlo. Es un bonsai
muy hermoso.
Ha debido encerrar en él sus mejores sueños.
—¡Por eso mismo! —suspiró el dueño
del invernadero.
En breves palabras, le contó lo que había
sucedido cuando su hijo mordió aquellas cerezas.
—Desde el accidente, no puedo mirar al bonsai
sin recordar que, durante varios años,
le he prestado más atención que a mi hijo.
Por favor, acepte mi regalo.
Quiero liberarme del peso de este recuerdo.

El cerezo bonsai sintió vértigo.
Su pequeño mundo simulado giraba y giraba
a punto de desmoronarse por completo.
Sabía que no sólo había perdido su sitio
en el invernadero.
En medio de todos los pequeños mundos,
que el médico construía con sus propias manos,
acababa de descubrir que ya no era
el centro de nada.
Entonces, comenzó a cercar su maceta
con un grueso muro hecho de resentimiento.

Odiaba el recuerdo del dueño
que lo había traicionado.
Odiaba la inexperiencia con que lo cuidaba
el médico.
—¡Nadie volverá a engañarme! —gritaba
en su interior.

Cuando se encendían las estrellas en el cielo,
cuando la calma de la noche caía con el rocío,
el arbolito sólo pensaba en vengarse.
Soñaba que guiaba el torrente de odio que corría
por su interior, como un veneno, hasta alojarlo
en las cerezas, rojas y brillantes, que colgaban
de sus ramas.
Y reía como un loco al tiempo que gritaba:
—*¡¡Ahora soy más que una joya!!*
¡Soy una fábrica de joyas envenenadas!
Soñaba que estiraba sus ramas y sus raíces,
rodeaba con ellas el cuello de sus dueños
y apretaba, apretaba, apretaba...

La única persona que no aparecía en aquellos
sueños era Rosa, la hija del constructor
de mundos.
A Rosa le gustaba el campo, pasear
por el bosque, contemplar los animales
y las plantas.
Pero el bonsai, aquel arbolito delicado y frágil,
le ponía nerviosa.

Quizá por eso se negó a recortar sus hojas
y a podarle las ramas y las raíces.

Una tarde, Rosa, colocó el bonsai
sobre la baranda de la terraza, para que recibiera
el agua de la lluvia.
Desde aquel lugar, dominaba todo el jardín.
Por primera vez, el cerezo enano vio
árboles de verdad.
Árboles que daban sombra y frutos; árboles
que eran como bocas a través de las cuales,
respiraba la tierra.
Después de verlos, el cerezo enano se sintió
inútil, ridículo, como un sombrero
con orejas de burro.
Entonces comprendió por qué la niña
se ponía nerviosa cada vez que lo miraba.
Fue como si, de pronto, acabara de hundir
sus raíces en el pensamiento de Rosa.

El bonsai estaba perplejo al comprobar
que veía por los ojos de la niña y oía
por sus oídos; que los conductos de su savia latían
al mismo ritmo que el corazón de Rosa.
Desde la terraza, el cerezo podía seguir, punto
por punto, el programa de televisión
que la niña veía en su cuarto.

Un programa documental sobre costumbres
de la Antigua China.
Rosa contempló con horror cómo oprimían
con vendas los pies de las niñas para que no
crecieran; porque los pies pequeños eran signo
de belleza femenina.
La niña pensó en el bonsai; y el bonsai,
en sí mismo.
Aquello se parecía mucho a su maceta diminuta
y a los alambres con que moldeaban sus ramas,
su tronco y sus raíces.

El cerezo enano pensó que lo habían estado
manipulando; que le habían robado su fuerza
y su utilidad para convertirlo en un frágil objeto
de adorno.
Pensó que sólo le quedaba un lugar en el mundo:
la caseta de feria donde se exhibían los seres
extraños, entre la mujer barbuda y el hombre-pez.

Por eso, a partir de aquel día, el bonsai soñó
con nuevas formas de venganza.
Soñaba que rodeaba con alambres los brazos,
las piernas y todo el cuerpo del dueño
del invernadero; lo moldeaba a su capricho
y, con unas tijeras afiladas, le recortaba la ropa,
el pelo y las orejas.
El bonsai se curvaba por la risa al ver las figuras,
disparatadas y ridículas, que se le habían
ocurrido.

Cuando la última imagen ridícula dejaba
de hacerle gracia, el cerezo enano volvía a soñar.
Pensaba que quería ser árbol.
Un árbol de verdad.
Soñaba que sus raíces crecían y crecían;
se deslizaban por el suelo y se introducían
en otras macetas, en los desagües,
en la jaula del pájaro.
Y, gracias a todos los alimentos que encontraba
a su paso, veía crecer y crecer su tronco,
sus raíces y sus sueños de libertad.

        El cerezo bonsai pudo comprobar
que había transmitido a Rosa alguno de aquellos
sueños:
Un día, la niña cortó con unos alicates
todos los alambres que lo aprisionaban.
Entonces, el arbolito se sintió perdido y solo.
Pensó que no estaba preparado para soportar
el peso de aquella libertad recién estrenada.
Sin su andamio de alambre, se sentía como
una marioneta a la que hubieran cortado los hilos.
Y echó de menos a su antiguo dueño,
que le transmitía sus órdenes a través
de los alambres, para mantenerlo erguido
y hermoso; para indicarle en qué sentido y cuánto
podía crecer.

Con las ramas rozando el suelo de su maceta,
pensó que todos sus sueños de libertad
habían sido una equivocación.
La tristeza y la soledad lo envolvieron
con un silencio denso.

El cerezo enano comenzó a escuchar una especie
de rumor que, poco a poco, se convirtió
en un latido rítmico.
Era la música de la savia que corría libre desde
sus raíces hasta la última hoja y se expandía
por todos los conductos de su cuerpo,
que habían estado estrangulados
por la opresión de los alambres.
Ahora descubría que, aunque tenía un solo
cuerpo, éste se multiplicaba en numerosas ramas.
Aquella era una sensación agradable y nueva,
que rompía el silencio y la soledad
que había sufrido.
Al ritmo de aquel latido, al ritmo de aquella
nueva alegría, comenzó a erguir su tronco
y sus ramas.
Descubrió que el gozo de aquella libertad, recién
estrenada, era un andamio mucho más poderoso
que los hilos del titerero
y los alambres que antes lo habían oprimido.

Algún tiempo después, el médico
y su familia hicieron los preparativos
para las vacaciones de verano.
Recogieron la casa, taparon los muebles
y agruparon todas las plantas en una terraza
cubierta, para que pudieran resistir muchos días
de abandono.
Cuando el cerezo enano sintió que se cerraba
la puerta, comenzó a poner en práctica
sus sueños.
Tiró hacia afuera de sus raíces.
Estiró una de ellas, que se deslizó reptando
por el suelo, hasta introducirse en una maceta
de mayor tamaño.
Como los tentáculos de un pulpo, todas las raíces
reptaron hasta introducirse en las macetas
más grandes que había en la terraza.
El vigor de aquella tierra nueva y la holgura
que ahora disfrutaban sus raíces le ayudaron
a tirar hacia arriba de su tronco, de sus ramas
y de sus hojas.
La fuerza del sol y de la tierra multiplicada
de todas las macetas le ayudaron a crecer.
Su copa remontó por encima de todas las plantas
y varias de sus ramas asomaron por una
de las cristaleras de la terraza que habían dejado
abierta.
Fue lo primero que vio Rosa desde el coche
cuando regresaron del veraneo.

La niña sonrió al entrar en la terraza.
Las raíces parecían las patas del árbol, rematadas
por extraños zapatos en forma de maceta.
En el centro, bajo los arcos que formaban
las raíces, la maceta del bonsai estaba vacía:
la tierra, removida; el caminito levantado;
el puente y la casa, desplomados.
Parecía como si un terremoto real hubiera
destruido todo aquel mundo simulado.
Y, sobre aquellas ruinas, el cerezo se erguía,
firme.

Con la ayuda de su padre, Rosa plantó el cerezo
en un rincón del jardín que estaba
bajo su ventana.
A la sombra de la mirada sonriente de la niña,
el cerezo se sintió feliz.
Por fin era un árbol.
En contacto directo con la tierra, con la libertad
de extender sus raíces hasta donde le permitieran
sus fuerzas y sus deseos.
Aquella libertad, los últimos calores del verano,
los latidos de la Tierra que sentía por primera
vez, le hicieron sonreír.
Su sonrisa se hacía aún más amplia, cuando
pensaba en la cosecha, radiante y luminosa,
que ofrecería a todos la próxima primavera.

SEXTA MÁSCARA
Dedicatoria

A TODOS MIS COMPAÑEROS ESCRITORES

Y, de manera muy especial, a todos
los amigos a quienes no encontré en casa cuando
quise proponerles que se unieran a mi protesta.
Esto no es sólo una DEDICATORIA; es una invitación
para que os unáis a la lucha.
Compañeros, vivimos momentos difíciles:
Hoy han detenido a un autor porque escribía
sobre los árboles y las aves.
Quizá mañana se lleven a los que escriban
sobre los ríos y los peces.
Pasado mañana les tocará el turno
a quienes escriban sobre la lluvia y el viento.

Y, por último, se llevarán a todos
los que escribimos.

Parece que escribir se ha convertido
en una actividad peligrosa.
Por eso, os invito a que luchemos juntos.
Acudid todos el día del juicio.
Cuando defendemos el derecho de este compañero
a elegir libremente el tema de su obra, estamos
defendiendo nuestro derecho más importante:
poder expresar con libertad
nuestras propias ideas y nuestros propios sueños.

El árbol de los sueños

Él sabía que al otro lado del muro
estaba el mar.
Lo decía el batir de las olas contra el acantilado
y el batir de alas de las gaviotas,
que taladraban el aire.
Sí.
El arbolito sabía que, al otro lado del muro,
estaba el mar.
Se lo decía, sobre todo, el batir de las ventanas
de su memoria, movidas por el viento
de los recuerdos.

Los árboles son, quizá, los seres vivos
que guardan mayor memoria de las cosas.
Cada año, anotan en el interior de su tronco,
con una línea indeleble y concéntrica hasta
el más mínimo recuerdo.
Un trazo firme y constante refleja la rutina
de los días; una oscilación brusca, un detalle
sorprendente o insólito.
Por eso, nunca olvidan nada.
Por eso, sus recuerdos logran vencer el paso
del tiempo.

Los especialistas en textos arbóreos
pueden reconstruir toda la vida de un árbol,
sólo con examinar el corte del tronco
y las líneas concéntricas grabadas en él.
Cuentan que los mejores expertos son capaces
de leer las líneas que dibujan las vetas
de la madera; igual que los adivinos, las líneas
de la mano.
Después de examinar el tablero de una mesa,
o la moldura de un armario, consiguen descubrir
hasta el sueño más insignificante
que el árbol tuvo en vida.

Sí.
El arbolito sabía que al otro lado del muro
estaba el mar.
Lo había escrito en el primer círculo de su tronco,
donde almacenaba sus primeras experiencias,
para recordar el barco que había transportado
su semilla desde la otra orilla, lejana, del mar.
Para recordar al viejo loro del capitán del barco,
que había tomado en su pico aquella semilla.

Para recordar al niño que había asustado al viejo
loro del Capitán hasta hacerle abrir el pico
y soltar la semilla al otro lado del muro.
Al otro lado del muro, en el jardín de la casa
del capitán del barco que lo había traído
de lejanas tierras.

        El arbolito miraba a su alrededor
una y otra vez.
Pero en el jardín del Capitán no pudo encontrar
ni un solo árbol de su misma especie.
Entonces se sintió como un náufrago
en una isla desierta.
Y decidió luchar para sobrevivir en aquel mundo
extraño; para alejar el manto de soledad
que lo empapaba hasta las raíces.
Lejos de los suyos, debía recordar sus orígenes;
de esta forma sus raíces tendrían la fuerza
suficiente para mantenerlo en pie
cuando fuera adulto.

        Durante el primer año de su vida,
el arbolito sólo miró hacia el pasado.
Necesitaba salvar los recuerdos de su isla lejana;

de todos los árboles de su misma familia;
y del mar, que había marcado el ritmo
de sus vidas, con el ritmo incesante de sus olas.
El arbolito comenzó a vivir acunado
por estos pensamientos.
Nunca aprendió a disfrutar del momento
presente: del vuelo de las mariposas y los insectos
dorados que brillaban al sol;
del aroma embriagador de la tierra recién regada;
del rumor del viento, que doblaba su tallo,
hasta hacerle rozar el suelo,
con la primera música que se bailó
sobre la Tierra.

Desde el primer día del segundo año,
comenzó a trazar su segunda línea concéntrica.
Aquella línea nacía guiada por un solo sueño,
por un único pensamiento que latía
desde sus raíces:
Debía desarrollar su tronco, cuanto antes,
para rebasar la altura del muro y ver el mar.
Debía concentrar en su tronco toda la fuerza
de su savia, toda la fuerza de sus sueños.
No podía permitir que sus energías perdieran
fuerza haciendo crecer ramas
o una cabellera de hojas.

La segunda línea concéntrica, de su segundo año
de vida, y varias más, mostraban de forma clara,
que su mirada estaba puesta sólo en el futuro.
El arbolito seguía sin saber apreciar la hermosura
del sol, ni el canto de la lluvia,
ni el rumor del aire.
Aquellas líneas que él dibujaba minuciosamente
tan sólo decían que el sol y el aire y el agua eran
instrumentos necesarios para ayudarle
a conseguir su objetivo: la visión del mar,
que tanto necesitaba para afianzar su memoria.

Arropado por estos pensamientos,
por estos sueños, el arbolito creció,
Y creció.

Y creció.
Dejó de ser arbolito para convertirse en árbol.
Recto como un mástil, el árbol gritó:
—¡¡Maaar!!
Cuando se asomó al otro lado del muro.
Las siete hojas que formaban su copa ondearon
como una bandera.
Y su mirada verde corrió sobre la cresta
de las olas, para alcanzar la línea del horizonte.
Sabía que, sobre aquella línea, su mirada
se encontraría con la mirada de los árboles
de su familia, que llegaba del otro lado, lejano,
del mar.

El árbol no conocía la historia del niño
que gastó su vida tratando de alcanzar
la línea del horizonte.
Cuando, después de muchos años,
aquel niño regresó convertido en hombre,
descubrió que la línea,
que nunca había conseguido tocar,
continuaba allí, en el mismo sitio.
Como un espejismo.
Y le retaba a intentarlo de nuevo.
Y le prometía que la próxima vez lo conseguiría.
Y se curvaba dibujando una sonrisa de burla.
El árbol no conocía aquella historia;
ni tampoco la conocía su mirada verde,
que cabalgaba sobre las olas rumbo al horizonte.

Al perder de vista la costa, al perder de vista
a su árbol, la mirada se hundió en el mar
con un destello intenso.
Cuando el árbol vio aquel rayo verde tras
el horizonte, supo que, si quería comunicarse
con árboles de su familia, debería navegar
él mismo hasta la isla lejana
donde vivían sus antepasados.

Entonces, comenzó a soñar que
arrancaba sus raíces del suelo.

Saltaba el muro.

    Rodaba colina abajo.

        Y se zambullía en el mar
desde lo alto del acantilado.
Luego, se dejaba llevar por las olas
y las corrientes marinas.
Y llegaba a la isla.
Y se arrastraba por la playa.
Y plantaba sus raíces en el bosquecillo,
donde su familia y sus amigos lo esperaban.

Pero aquellos sueños felices se interrumpieron
de pronto, como si lo hubieran despertado
con un jarro de agua fría;
como si otro muro de piedra, insalvable,
le cerrara el paso.
¡Nunca podría llegar con vida a la isla!
Se encontraba a merced de la distancia;
a merced de los caprichos del mar;
a merced del salitre que inundaría sus raíces
y envenenaría todo su cuerpo.

   El árbol cerró la puerta de aquel sueño
imposible y abrió sus ventanas a uno nuevo.
En su nuevo sueño, veía el mar y las gaviotas
y un hermoso velero que volaba sobre las olas.
Él era la parte más importante de aquel barco:

El palo mayor, coronado por una torreta
para el vigía.
El árbol contempló su tronco, largo y endeble,
que se cimbreaba al menor soplo de aire.
Entonces, comprendió que, para cumplir
su sueño, debía crecer y robustecerse.

Siguió con su mirada puesta en el futuro,
para tratar de convertir en realidad
su sueño lejano.
Cambió la belleza de sus ramas y de sus flores
por una promesa de felicidad
que disfrutaría el día de mañana.
Un hermoso día de mañana hecho de velas
desplegadas al viento, de surcar mares y sortear
tormentas, de mecerse en el pequeño puerto
de su isla lejana, donde vivían todos los árboles
de su misma especie, que lo rescatarían de aquella
soledad.
Por eso, el árbol pensó que no debía perder
el tiempo, y la mirada, en el mar
que ahora podía ver al otro lado del muro.

Alimentado por estos proyectos,
         alimentado por estos sueños,
el árbol creció.
         Y creció.
                  Y creció...

—¡¡*Lo he conseguido!!* —gritó
al contemplar su figura.
Rebasaba por dos veces la altura del muro.
Y su tronco era tan robusto que hacían falta
dos hombres, con los brazos extendidos,
para poder abarcarlo.
Tenía la envergadura suficiente para hacer
el mascarón de proa y el mástil más hermosos
que hubieran conocido los mares.
Pero el rumor de una conversación lo distrajo
de sus sueños.
Por un sendero del jardín se acercaba el capitán
del barco acompañado por un hombre
que tenía aspecto de lobo de mar.
—¿De dónde has traído esa cosa? —tronó el Lobo
de Mar.
—¿Qué cosa?
—Ese árbol tan extraño que has plantado junto
al muro.
—¿Yo? Yo no he plantado nada en toda mi vida.
Habrá crecido solo...
—¡Claro! —rió el Lobo de Mar—. A lo mejor
es una escoba. La dejarían apoyada
contra el muro y... ¡ha echado raíces!
El Lobo de Mar se atragantaba y tosía por la risa.
—Será una semilla que ha traído el viento —dijo
el Capitán.
—Desde luego, como árbol... ¡Es un desastre!
—bramó el Lobo de Mar—. No da sombra y...
parece que ni siquiera tiene frutos...

—Me recuerda el palo mayor del primer barco
que mandé —dijo el Capitán—. Sí... Con él
se podría hacer un hermoso mástil...
—*Y un mascarón de proa* —susurró el árbol.
—¡Qué lástima! —suspiró el Capitán—.
¡Qué lástima que hayan pasado los tiempos
gloriosos de los veleros!
—Ahora sólo sirve como palillo de dientes
de un gigante, o para hacer postes de teléfono
—rió el Lobo de Mar.
Aquellas risas le mordían como los dientes
de una sierra.
El árbol sintió vértigo.
De tanto mirar hacia el futuro, no había
advertido que el mar se había vaciado de galeones
y goletas, de carabelas y bergantines.
No se había dado cuenta de que el futuro
de sus sueños hacía mucho tiempo
que se había convertido en pasado.
—*¡Postes de teléfono!* —protestó con rabia.

Al abrir el abanico de su futuro, se encontraba
con una vida muy distinta de la que había soñado.
Clavado en el suelo, con raíces de cemento.
Reseco y solo.
Para siempre.
Con el trabajo rutinario y monótono
de transportar por los aires palabras ajenas.

El árbol se repuso pronto
de aquella terrible decepción.
Él, que estaba especializado en hacer planes
para el día de mañana, comenzó a soñar
otro futuro nuevo.
Por primera vez en su vida, sintió que sus raíces
pertenecían ya a aquel jardín
y deseó permanecer en él.
Estaba decidido a hacer todo lo que fuera preciso.
Si querían sombra, tendrían sombra; y, además,
la perfumaría con sus flores.
Si querían frutos, les daría frutos en cada estación
del año.
Y de las semillas de sus frutos caídos,
pronto brotaría un bosquecillo.
De esta forma, no necesitaría viajar
a su isla lejana para dejar de estar solo.

Él sabía cómo convertir en realidad aquel sueño.
Sabía guiar el flujo de su savia en la dirección
adecuada.
Frenó su crecimiento en altura
y comenzó a orientar toda su fuerza
para desarrollar muchas ramas robustas.
Tenía tanto miedo a convertirse en postes
de teléfono, tanta ilusión por formar
un bosquecillo de vástagos suyos

que aquella misma primavera
sorprendió a todos con la frondosidad
de sus ramas, de sus hojas y de sus flores.
Él, que no olvidaba ni un solo detalle cuando
soñaba su futuro, hizo crecer una rama robusta,
paralela al suelo, donde pudieran colgar
un columpio.

　　　　Aquel verano, el árbol se sentía
seguro y feliz.
Habían instalado a su alrededor una mesa,
sillas y tumbonas.
Y toda la familia del Capitán se reunía
bajo sus ramas para leer y conversar,
para jugar y para reír.
Los nietos pasaban las horas muertas
balanceándose en el columpio
que habían colgado de la rama.
El árbol se sentía seguro porque nadie
se atrevería a cortarlo.
Cortar su tronco significaría cortar las sonrisas
que todos los días hacía florecer bajo su sombra.

Algunos días después, llegó el Lobo de Mar
acompañado por un personaje misterioso
que, según decían, podía leer el futuro
en las líneas de la mano.

Se sentaron a la sombra del árbol y, entre bromas
y veras, el Adivino comenzó a leer en las manos
de toda la familia.
Los niños reían nerviosos y una sombra
de inquietud flotaba bajo el árbol.
El Capitán se negó, una y otra vez,
a prestarse al juego.
Por último, arrancó una hoja del árbol y dijo
al Adivino:
—Prefiero que me leas su futuro.
El árbol seguía con atención cada
uno de sus movimientos.
Después de tanto fracaso, necesitaba
que le confirmaran alguno de sus sueños.
El Adivino pasó la yema del dedo
por el borde de la hoja.
Luego, la miró al trasluz
y estudió todos sus nervios.
Finalmente, movió la cabeza, frunció los labios
y, con gesto solemne, exclamó:
—Morirá cuando llegue la luna de octubre.
El árbol sintió un escalofrío.
Como si la corteza se le fuera a desprender
del tronco; como si, de pronto,
se hubiera interrumpido el flujo de su savia;
como si hubiera recibido el primer hachazo
del leñador.
¡Sólo faltaba un día para la luna llena de octubre!

En aquel mismo instante, toda su vida
pasó ante sus ojos, como una cinta de vídeo
rebobinada a gran velocidad.
Vio la semilla que llevaba en el pico
el loro del Capitán.
Y a un niño que asustaba al loro.
Y la semilla que caía al otro lado del muro.
Vio un pequeño brote que se mecía al ritmo
del viento, mientras trataba de afianzar sus raíces.
Pero, a partir de aquel momento... ¡nada!
La cinta estaba vacía.
Miró a su interior y las líneas concéntricas
de su tronco sólo repetían, una y otra vez,
la misma historia de su pasado.
Esperando un futuro que nunca llegaba,
no había aprendido a disfrutar
de los rayos del sol,
ni del canto de la lluvia ni del rumor del viento.
Pero el pasado ya no existía.
Era como una inmensa casa vacía
cubierta de polvo.
Y el futuro, el escenario de una vida
que no existe: los planos de un edificio
que nunca se construiría.
Sólo el presente era vida.
Entonces comprendió el significado de una frase
de un libro que el Capitán leía bajo su sombra.
No recordaba las palabras exactas.
Pero, más o menos, decía así:

«La habitación donde dormiré el sueño más feliz
será la habitación de mañana, en el hotel
de mañana, durante el viaje de mañana;
porque **mañana** *es el emblema triste de mi vida*
desperdiciada.»

La copa le daba vueltas como si fuera
a perder el equilibrio, al descubrir
que había desperdiciado toda su vida.
Él, que nunca había aprendido a vivir el presente,
no sabía aprovechar aquellos momentos
que le quedaban.
Como sólo sabía vivir pensando en el día
de mañana, volvió a soñar por última vez:
—*Ojalá aprovechen mi madera para construir*
juguetes: un caballo, y un barco, y un...
Quizá venga un día un experto en textos arbóreos.
Y lea en la vetas de mi madera la historia
de mi vida.
Y la cuente a todos los árboles; para que ningún
otro vuelva a cometer los mismos errores.
Quiero que les invite a disfrutar del sol, y del agua,
y del viento de hoy.
Porque el sol, y el agua, y el viento de mañana
no tienen color, ni vida, ni música.
Y no tienen color, ni vida, ni música
porque no existen.

Luego, se dejó invadir por una sensación
de vacío.
La misma, sin duda, que había sentido el niño
que quería alcanzar la línea del horizonte,
cuando regresó al punto de partida
con las manos vacías.
Sumido en aquel vacío, el árbol no vio
la luna llena de octubre, que se abría en el cielo
como una boca asombrada.
No advirtió que, día tras día, aquella boca
comenzaba a cerrarse.
Ni tampoco que dibujaba una sonrisa de burla
sobre la piel de la noche.
Una sonrisa que cada día se hacía más fina,
hasta llegar a desaparecer por completo.
El árbol sintió que aquel vacío tenía
el mismo color de todos los días
que había vivido pensando en el futuro.
Entonces pensó que todo había sido un sueño;
que había muerto el día en que el loro
dejó caer la semilla al otro lado del muro.

De pronto, despertó de aquella sensación
de muerte al oír al Capitán que hablaba
con el Lobo de Mar y el Adivino.

—Has perdido tu apuesta —exclamó el Capitán.
—De eso, nada —repuso el Adivino.
—Ya estamos en la luna de noviembre; y dijiste
que el árbol moriría en la luna de octubre...
—¿El árbol? Cuando dije «Morirá en la luna
de octubre», yo me refería a la hoja... ¡A la hoja!
¡Ja! ¡Ja! ¡Ja!

El árbol estaba indignado.
Aquellas carcajadas rebotaban contra su tronco
como hachazos.
Pero, muy pronto unió sus risas a las del Adivino.
Todo había sido una broma
que pertenecía al pasado.
Y él sabía, ahora, que el pasado ya no existía.
Por eso, no podía, no debía, hacerle daño.
El árbol unió sus risas a las del Adivino porque,
para él, ya sólo contaría el presente.
Y el presente se abría ante él, sonriente, como
un abanico; con una sonrisa más amplia
que el cuarto menguante de la luna de octubre.
—*Nunca es demasiado tarde* —pensó el árbol;
mientras contemplaba el vuelo de una gaviota,
que se perdía en el mar.
Mientras reía con las gotas de lluvia, que hacían
brillar sus hojas; mientras admiraba el arco iris,
que bordaba el sol sobre el manto de la lluvia.

Entonces recordó, de nuevo, aquella frase que había leído en un libro del Capitán.

—*Tengo que cambiarla; porque, desde hoy, mi vida ha cambiado.*

El árbol, con sumo cuidado, y con un trazo muy firme, comenzó a grabar un nuevo círculo concéntrico.

Y el nuevo círculo decía:

—*La habitación donde dormiré el sueño más feliz será mi habitación de hoy, en el jardín de hoy, en el viaje de hoy; porque* **hoy** *es el emblema radiante de mi vida que comienza.»*

SÉPTIMA MÁSCARA
Dedicatoria

A HUVEZ, AUTOR DE ESTE LIBRO

*Esta DEDICATORIA no es un gesto
de egoísmo por parte del autor del libro.
Él no es de los que dicen:
—Yo me lo guiso y yo me lo como.
Debemos hacer varias aclaraciones.
—Esta DEDICATORIA no la ha escrito el autor.
—Tampoco ha escrito la SÉPTIMA MÁSCARA.
—Hemos mantenido la denominación de MÁSCARA,
en lugar de CAPÍTULO y precederla
de una DEDICATORIA, para mantener la misma
estructura establecida por Huvez.
Sabemos que no es usual el que un libro, o parte
de él, esté dedicado a su autor.*

*Pero tampoco ha sido usual el proceso de escritura,
ni la forma como concluyó este relato.*

*Muchas veces hemos oído comentar a Huvez
que las obras literarias tienen vida propia.
Los personajes y el argumento suelen cambiar
de rumbo; escogen caminos distintos
de los que había previsto el autor.
En esta ocasión sucedió algo parecido.
A Huvez se le fue la historia de las manos.
Después de asistir al juicio contra* el hombre
que escribía sobre los árboles y las aves, *comprobó
que su historia había cambiado por completo.
Ya no se sentía con fuerzas, ni con ánimo,
para concluirla.
Por eso, nos comunicó que no pensaba finalizar
el libro.
Al parecer, pretendía correr un tupido velo sobre
todo lo que había sucedido en la Sala del Juzgado.*

*Nosotros no nos resignamos a perder el libro
y tratamos de encontrar testigos presenciales
del juicio.
No conseguimos localizar a nadie.
Ningún escritor había respondido a la invitación
de Huvez.
El Abogado Defensor nos dijo:
—Fue el momento más disparatado que he vivido
en un tribunal.
Por último hablamos con el Juez.*

Se trataba de un hombre de mediana edad,
conversación agradable y risa jovial:
—Fue una situación disparatada, es cierto.
Pero respondía a una hermosa intención.
Creo que deben hacer todo lo posible para publicar
el libro. Cuenten con toda la colaboración
que yo pueda prestarles —dijo el magistrado.

El Juez nos facilitó las actas del juicio y una cinta
magnetofónica que recogía la intervención
de Huvez.
Y se ofreció a redactar unos comentarios,
que hicieran más comprensible aquella situación,
para quienes no hubieran estado presentes
en la sala del juicio.
Él se encargó, también, de convencer a Huvez
para que autorizara la publicación del libro
y corrigiera esta SÉPTIMA MÁSCARA, con el fin
de que no hubiera diferencias de estilo
con el resto de la obra.
—Después de ocultarme detrás de tantas máscaras
de árboles, me encuentro ridículo y medio desnudo
detrás de una simple cinta magnetofónica —bromeó
Huvez.

La SÉPTIMA MÁSCARA comprende, pues,
la transcripción de la cinta magnetofónica,
completada por los comentarios del Juez.
Para no alterar con opiniones ajenas el contenido

*de esta obra, hemos optado por diferenciarlo
con claridad.
Las opiniones y comentarios del Juez se presentan
entre paréntesis y con otro tipo de letra.
Confiamos en que sea un digno remate
de la historia iniciada por Huvez.*

*Por todo ello, deseamos expresar nuestro más
profundo agradecimiento al Sr. Juez del Juzgado
de Instrucción n.º 2 de la Audiencia Provincial de...,
sin cuya ayuda y colaboración desinteresada,
este libro no habría visto la luz.*

LOS EDITORES

...Sobre los árboles

(Huvez irrumpió en la Sala del Juzgado cuando estaba a punto de concluir la vista.
No lo reconocí.
Había leído alguna de sus obras; pero nunca había visto una fotografía suya.
Yo estaba confundido y perplejo desde que recibí una copia de un libro inédito que me envió Huvez.
De no haber venido firmado por un autor conocido, habría pensado que era obra de uno de esos locos que, a veces, aparecen por los Juzgados.
Como decía, Huvez irrumpió en la Sala del Juzgado.)

HUVEZ: ¡¡Señoría!! ¡Llevo toda la mañana esperando...!
JUEZ: Estamos a punto de terminar una vista y ésa no es forma de interrumpir...
HUVEZ: Disculpe, Señoría. Pero yo he venido aquí, desde muy lejos, para testificar en este juicio. Y, como ya está terminando y nadie me llama a declarar...
JUEZ: Tranquilícese, por favor. ¿Quiere identificarse?
HUVEZ: Mi hombre es Huvez. Soy escritor.

(Aunque el procedimiento no fuera el más correcto
decidí tomarle declaración.
La verdad es que deseaba aclarar
con él las razones que le habían movido a enviarme
el libro.)

JUEZ: Así que... usted es Huvez...
Al comienzo de la vista hemos hablado
de su libro...
HUVEZ: Señoría. No comprendo la actitud de este
tribunal. Advierto en sus palabras un tono
de burla, que no estoy dispuesto a...

(Sin duda debí mostrar un gesto de extrañeza
y, quizá, una cierta jocosidad.
Al comienzo de la vista habíamos hablado
del libro que Huvez nos había enviado
al Abogado Defensor y a mí.
De mutuo acuerdo decidimos archivarlo
y no llamar a declarar al escritor.
En toda mi carrera profesional
no había visto una distorsión de los hechos
como la que hacía el señor Huvez en su obra.)

JUEZ: Señor Huvez, le ruego que se limite
a contestar las preguntas que se le formulen.
Y no estoy dispuesto a tolerar que haga
valoraciones personales sobre la actitud de este
tribunal que me honro en presidir.

¿Puede decirme cómo tuvo conocimiento
de los hechos que estamos juzgando?
HUVEZ: Señoría, como habrá visto
en mi declaración...
JUEZ: ¿Su declaración? ¿Qué declaración?
HUVEZ: Mi libro. En la DEDICATORIA digo
que debe entenderse como una declaración...
JUEZ: ¡Ya! ¡En su libro...! Comprenderá que todo
esto resulta... ¿Cómo diría yo...? ¡¡Chocante!!
Esto es un procedimiento judicial y... Ejem... Está
bien... Prosiga. Le había preguntado cómo
se enteró de los hechos.
HUVEZ: Por la prensa. Lo describo en mi libro.
JUEZ: ¿Quiere olvidarse del libro? Así que toda
su información se limita a un pequeño recuadro
publicado en un periódico. Una información
que apenas ocuparía siete líneas y no más
de setenta palabras...
HUVEZ: En efecto, Señoría. Pero... sigo
sin comprender los gestos de hilaridad
que advierto en su Señoría y en la Fiscal...
JUEZ: Le ruego, por última vez, que reserve
sus comentarios. Usted está aquí, por voluntad
propia, como testigo, y no para emitir juicios
sobre la actitud de este tribunal.

*(La verdad es que en aquellos momentos
me resultaba muy difícil mantener la compostura
y seriedad propias del lugar en que nos
encontrábamos.)*

JUEZ: Señor Huvez, ¿conoce usted al acusado?

HUVEZ: No. Ni tampoco conozco su obra.

Pero cualquier compañero que...

JUEZ: Está bien. Eso también lo hemos leído
en su libro. ¡Póngase en pie el acusado!

HUVEZ: Pero... ¿se puede saber qué sucede aquí?
¡Esto parece un complot! ¡¡El acusado se está
riendo!!

JUEZ: Cálmese, señor Huvez. Veo que no tiene
suficiente información sobre los hechos.

Así que, con la ayuda de la Fiscal,
un reportaje fotográfico y ese monitor de vídeo,
vamos a mostrarle las imágenes
que han sido presentadas por el Ministerio Fiscal
como pruebas acusatorias.

*(Las cámaras de televisión hacían un recorrido
lento por las calles de la ciudad.)*

FISCAL: Como verá, señor Huvez, todas las
paredes de la ciudad, las fachadas de nuestros
edificios históricos y los pedestales de las estatuas
aparecen embadurnados con pintadas

superpuestas. Yo puedo comprender que alguien
salga en defensa de algunas pintadas, o *graffiti,*
o como quiera que se les llame. A mí me gustan
los *graffiti* de Keith Haring, creo que son
verdaderas obras de arte; pero lo que aparece
en nuestra ciudad no tiene nada que ver con eso.
Son manchurrones toscos y, en la mayor parte
de los casos, de contenido grosero y soez...

HUVEZ: Señoría, no comprendo qué tiene que ver
el asunto de las pintadas con la obra de este
compañero...

JUEZ: Señor Huvez... Lo que yo no comprendo
es por qué continúa refiriéndose al acusado como
si fuera un compañero suyo...

HUVEZ: Porque todo aquel que expresa
sus sentimientos...

FISCAL: Está bien. ¡Eso lo hemos leído en su
libro! Quiero que sepa que su *compañero* expresó
sus sentimientos y sus pensamientos
en todas las paredes de la ciudad, sin respetar
monumentos artísticos ni pedestales de estatuas.
Todas las pintadas que hemos visto
en las imágenes son obra suya. Lo peor del caso
es que, armado con botes de pintura, rotuladores
y aerosoles que, por cierto, atacan la capa
de ozono, arremetió contra las mismas estatuas.
Y cuando no quedaba ni un solo hueco
para hacer pintadas, el acusado la emprendió
contra los árboles.

*(Las imágenes que aparecían en el televisor, habían
sido rodadas con cámara oculta. En ellas se veía
al acusado mientras grababa a punta de navaja
los árboles del parque.
Los ojos de Huvez se abrieron
por el asombro y la incomprensión.)*

JUEZ: Señor Huvez, el acusado no escribía
sobre el tema de los árboles. Él se limitaba
a escribir **sobre** los árboles. **Encima**
de los árboles. **En** los árboles... En vez de hacerlo
sobre una hoja de papel, como todo el mundo.
Señor Huvez, ¿sigue pensando que el acusado
es compañero suyo? ¿Ha intentado alguna vez
vencer el miedo que siente ante la hoja en blanco,
del que habla en el primer capítulo, o máscara,
o como quiera llamarlo, de su libro, escribiendo
sobre el tronco de un árbol? ¿O, a pesar de todo,
insiste en hacerlo sobre hojas de papel?

*(Huvez estaba pálido, desencajado; con los ojos
muy abiertos. No respiraba. Parecía como si se
hubiera quedado petrificado.)*

JUEZ: Señor Huvez, cuando el acusado no pudo
encontrar más árboles arremetió contra las aves.
Paseaba por los parques y las plazas; subía
a las torres de la catedral; y se entretenía en echar
migas de pan a las palomas.
Entonces, aprovechaba el menor descuido
para atraparlas y meterlas en un saco.

O reptaba por la playa y los acantilados
para capturar gaviotas y otras aves marinas.
Luego, en su casa, se dedicaba
a escribir sobre ellas.
Como contaba con muy poco espacio,
sólo escribía una letra sobre cada ave.
Y cuando las palomas se posaban juntas
o las gaviotas volaban en grupo,
formaban palabras incomprensibles, inexistentes.
Pero muchas veces, más de las que usted pueda
imaginar, aquellos inocentes animalitos formaban
palabras malsonantes que, por supuesto,
daban muy mala imagen
a nuestras plazas y a nuestro cielo.
En definitiva, a toda nuestra ciudad
y sus habitantes.
No le extrañará, pues, que pretendamos tomar
medidas contra este individuo que hoy se sienta
en el banquillo de los acusados.

(De pronto, Huvez pareció recobrar la respiración.
El color volvió a su rostro.
Sus ojos se entrecerraron formando una línea fina,
al igual que su boca, que se estiró en una sonrisa.
En las comisuras de sus labios se formaron
arrugas, como si quisiera encerrar su boca
entre paréntesis.
Y, poco a poco, surgió de aquel paréntesis
una risa incontenible.

Una risa que brotaba a borbotones,
hasta convertirse en una carcajada.
Toda la sala se contagió de aquella carcajada.
No creo que en la historia de los juzgados se haya
registrado una situación semejante.
Incluso el acusado se doblaba en el banquillo
por la risa.
A través de las lágrimas que inundaban sus ojos,
Huvez creyó ver que la estatua de la justicia,
que presidía la sala, levantaba con la punta
de su espada la venda que le tapaba los ojos para
ver lo que estaba sucediendo.)

JUEZ: TOC-TOC-TOC. ¡Orden en la sala!

(Dije mientras golpeaba con el mazo para tratar
de imponer orden y dar por terminada la sesión.)

HUVEZ: Señoría, mi inocente juego de máscaras
se ha convertido, de pronto, en una gran
mascarada.
Le ruego que me disculpe por el tiempo
que les he hecho perder.
JUEZ: ¿Perder...? ¡Hacía años que no me reía
así...!
HUVEZ: Lo que está claro, Señoría, es que yo
tampoco he perdido el tiempo. Este curioso
incidente, este malentendido, me ha ayudado
a salir de un bache y poder terminar mi libro.
Lo que sucede es que, estoy tan avergonzado,

que no seré capaz de escribir el último capítulo.
Y no sé si llegaré a publicarlo.
No quiero quedar como un imbécil.
JUEZ: Nadie que lea su reacción ante
lo que consideraba una injusticia podrá
considerarle como un imbécil. ¡Ánimo!
Termínelo y decídase a publicarlo. Pero, sobre
todo nunca olvide una cosa: Cada vez que vuelva
a sentir miedo ante una hoja de papel en blanco,
recuerde que puede perderlo
si escribe **sobre los árboles**
en vez de sobre folios en blanco. ¡Ja, ja, ja!
HUVEZ: No lo olvidaré... Señoría... ¡Ja, ja, ja!
Sobre los árboles... Y cuando me sienta agobiado
en mi despacho, y no se me ocurra ninguna idea...
Puedo trepar a los árboles... ¡Ja, ja, ja!
Si no puedo escribir en mi despacho,
también puedo escribir...
HUVEZ y JUEZ: ...¡¡SOBRE LOS ÁRBOLES!!

Índice

PRIMERA MÁSCARA 9

SEGUNDA MÁSCARA 23

Si los delfines... 26

TERCERA MÁSCARA 37

Tres hojitas, madre 39

CUARTA MÁSCARA 53

El corazón de metal 55

QUINTA MÁSCARA 73

La joya 75

SEXTA MÁSCARA 90

El árbol de los sueños 92

SÉPTIMA MÁSCARA 111

...Sobre los árboles 115

ESTE LIBRO SE TERMINÓ DE IM-
PRIMIR EN LOS TALLERES GRÁFI-
COS DE ROGAR, S. A., FUENLABRADA,
(MADRID), EN EL MES DE MARZO DE 1996,
HABIÉNDOSE EMPLEADO, TANTO EN IN-
TERIORES COMO EN CUBIERTA, PAPE-
LES 100% RECICLADOS.